ぶんころり
ill. またの
1
NISHINO —
the boy at the bottom
of the school caste
and also at
he top of the
lerground
西野
~学内カースト最下位にして
異能世界最強の少年~

「寒空の下で頬張ル肉まんは最高ですね。
お腹も減っていルので堪リません」
ひとときの平和

「こんなことなら、熱々のおでんを買ってくれればよかったわ」
「あぁ、その意見には賛成だな」
sensitive

「奥田さん、どうか安心して欲しい。すぐに助ける」

「に、西野君っ!?」

「やぁ、君たちが
本日のメンバーだね？
よろしく頼むよ」

合コンの入場シーン
そこにはフツメン以上に奇抜な格好をした人物が立っていた。
フォーマルな雰囲気を漂わせる白いブラウスに、
フロントジップのタイトなミニスカート。
足元は膝上まであるロングブーツ。
すべて革製、しかも艶のある黒で統一されていた。

Okuda
NISHINO — the boy at the bottom of the school caste and also at the top of the underground
表向きはごく普通の学生。
しかし、裏世界では知らない者がいない
凄腕エージェント（コードネーム＝ザ・ブレイド）。
護衛から暗殺まで手広く請け負い、
仕事の達成率は100％
幼い頃、家族を殺されている。
その犯人を捜すために裏世界へ身を投じた。
しかし、そのことを知るのは
一部の親しい者たちのみ
※トップシークレット！
目に見えない不可視の刃（ファントム・ブレイド：PB）を
自在に操る（PBは守りにも使える）。
また、銃器の扱いにも長けている。
決め台詞＋✦
~~「私の刃は、人の心さえも容易く切り裂く」~~
「返り血だけが、私の冷え切った
身体に温もりをくれる」
※決定！
（没案は返り血もらってないとき用）

西野
～学内カースト最下位にして異能世界最強の少年～　13

ぶんころり

MF文庫J

志水(委員長)
【スリーサイズ】
80/58/81
【学内カースト】
上位
西野のクラスメイト。クラスの委員長。津沼高校二年A組。学校行事に際しては、クラスメイトを引っ張って活躍することも多く、周囲からの信頼は厚い。強い正義感の持ち主で、早合点から暴走してしまうことも度々。進路希望は進学。東京外国語大学に入学する為、英語の勉強に余念がない。
ローズ・レープマン
【スリーサイズ】
62/47/63
【学内カースト】
最上位
数ヶ月前に転校してきた美少女。ロリータ。津沼高校二年B組。不死身の肉体を持つ中堅エージェント。フランシスカと組んで仕事をこなしている。仕事のミスを助けられたことで、西野に対して興味を持つ。学校ではアイドル的な立ち位置にある。その美貌と立場を妬む一部の女子生徒からは、金髪ロリと陰口を叩かれている。
Matsuura-san
Shimizu
Takeuchi-kun
Rose
Nishino
松浦さん
無敵ver.
【スリーサイズ】
85/57/88
【学内カースト】
最底辺
西野のクラスメイト。入学以来、地味で大人しい生徒を装っていた。西野と関わり合いになったことで、卑しくも荒々しい本性がクラスメイトに暴露される。以降、友人を失い教室では孤立。フツメンと共に二年A組のカースト最下層に落ち着く。
竹内君
【学内カースト】
上位
西野のクラスメイト。イケメン。津沼高校二年A組。定期試験では常に上位をキープし、部活動ではサッカー部のエースを務める。また両親は開業医で実家はお金持ち。向かうところ敵なしの優良物件であるため、クラスの女子生徒からは、いつもキャーキャーいわれている。ローズのことを狙っている。
西野
【学内カースト】
最底辺
本作の主人公。フツメン。津沼高校二年A組。圧倒的な異能と強靭なメンタルを備えた凄腕エージェント。文化祭の準備を通じて、青春の尊さ、異性交流の大切さに気付く。素敵な彼女を作って学園生活を謳歌しようと切磋琢磨するも、顔面偏差値に見合わない言動を好む為、努力すれば努力するほど、周囲からの評価は下がっていく。

character

フランシスカ
【スリーサイズ】
91/57/89
【社会階層】
大国のエリート公務員
ローズの上司。グラマラスな金髪美女。母国の国益のため、日々世界中を忙しく飛び回っている。仕事の都合からローズと共に日本を訪れており、エージェントである西野と接触する機会を伺っている。最近、お股の臭いが気になるらしい。
Francisca
Marquis
マーキス
【社会階層】
裏社会のまとめ役
西野が贔屓にしているバーのバーテン兼マスター。表向きには飲食店を経営しつつ、一方ではエージェントたちに対する依頼の管理や、報酬の受け渡しといった庶務全般を行っている。西野とは数年来の付き合い。
太郎助
【社会階層】
勝ち組文化人
有名ロックバンドのギタリスト。大人のイケメン。怖い人たちに命を狙われていたところ、これを西野に助けられたことで、良くも悪くも感化される。誰に対しても突き放したような物言いをする一方、仲良くなると意外と面倒見がいい好青年。
Tarousuke
Gabriella
ガブリエラ
【スリーサイズ】
64/47/63
【社会階層】
XXX
フリーランスのエージェント。ロリータ。西野と同じような異能を保有しているが、力に目覚めて浅い為、その力量は今一歩。同性愛者で可愛い女の子が好き。仕事先で出会ったローズに惚れる。
リサちゃん
【スリーサイズ】
78/55/79
【学内カースト】
上位
西野のクラスメイト。津沼高校二年A組。ローズが転校してくるまでは、男子生徒から学年で一番人気があった美少女。委員長と共に同クラスの女子グループを先導する。快活な性格の持ち主。
Risa-chan

contents

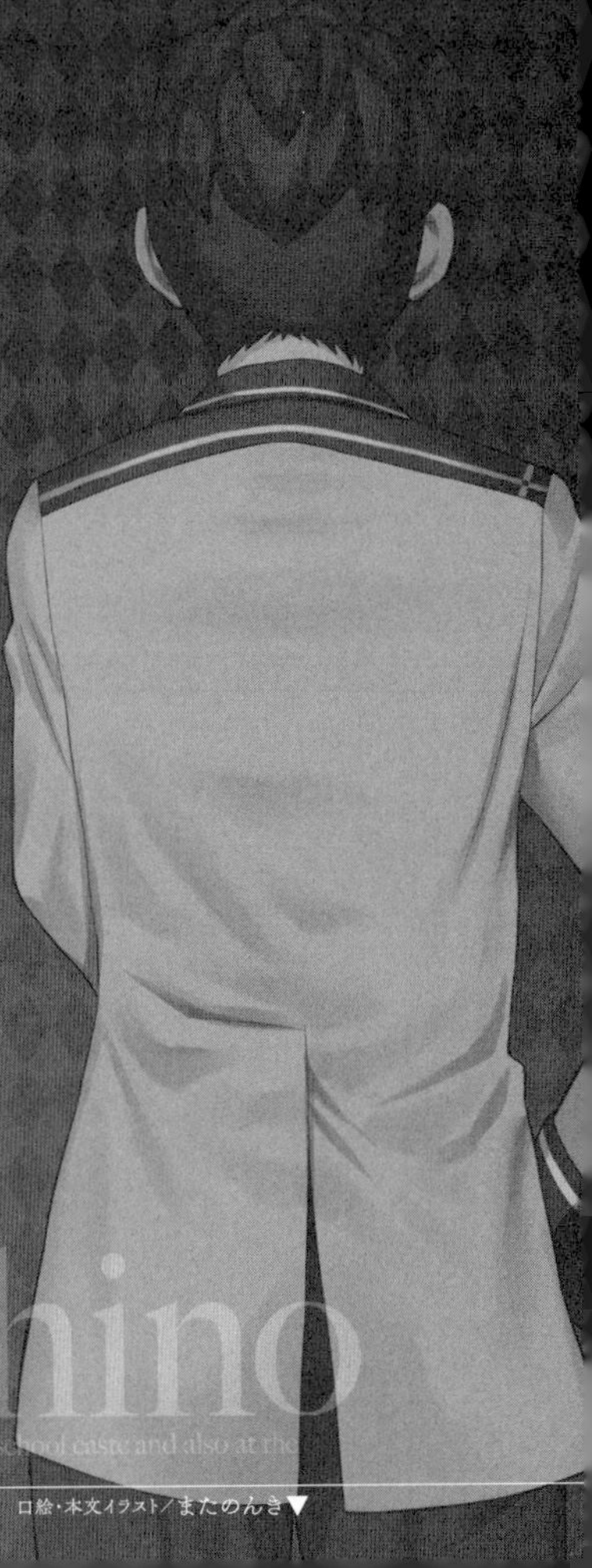

Nishino

The boy at the bottom of the school caste and also at the top of the underground

口絵・本文イラスト／またのんき▼

〈前巻のあらすじ〉

学内カーストの中間層、冴《さ》えない顔の高校生・西野五郷《にしのごきょう》は界隈《かいわい》随一の能力者である。普段は何の変哲もない公立高校に通いながら、その一方では裏社会に名を馳《は》せる優秀なエージェント。国内のみならず海を跨《また》いでも、彼の名は一目置かれていた。

しかし、その影響力も学内では響かない。一向にカースト下層を抜け出せそうにない西野は、うだつの上がらない日々を送っていた。それでも彼は決して腐ることなく、前向きに理想の青春を求め続ける。すると段々と、その周囲では変化が見られ始めた。

クラスでナンバーワンのイケメンである竹内《たけうち》君からはライバル認定。これまで西野を弄《いじ》っていた剽軽者《ひょうきんもの》とは友達に。当初は口すら利いてもらえなかったリサちゃんとも、普通に会話を交わすほどまでに至る。

そして、ここ最近は西野のことが気になって仕方がない委員長。

気がつけばフツメンの姿を目で追いかけている彼女は、それでも彼が発するシニカル且つ上から目線な物言いに抵抗感を覚えてしまう。これさえなければと考えてしまうのは、もはや陥落寸前の証《あかし》。そんな彼女は修学旅行を利用して、ある企《たくら》みを立てた。

その名も西野調教プロジェクト。

修学旅行における自由行動のグループ分け。これを西野と共にすることに決めた委員長と剽軽者《ひょうきんもの》、松浦《まつうら》さんの三人は、彼の尖《とが》った言動を矯正するべく合意。旅行の期間中、あの手この手でフツメンに対して訴えかける。

他方、旅行先ではローズがフランシスカから受けた仕事を発端にして、異能バトルが勃発。未知なる異能力者、ノラ・ダグーと出会う。家族に捨てられたことで絶望した彼女は、その強大な異能力を暴走させてしまう。渦中、これを西野《にしの》たちは見事に救い出した。

そうこうしている間にも修学旅行は最終日。

結果として、西野は見事に調教を果たされた。

帰路に着くべく空港のロビーに集まった生徒たち。旅先から去ろうとするフツメンの下をノラが訪れた。普段であればシニカルを発揮していただろう場面。存分に優しさ意識した西野は、観衆の面前で彼女と包容を交わす。委員長の企《たくら》みは空回りに終わった。

やがて搭乗した帰りの航空機内でのこと。機内のトイレに収まっていた西野は、委員長とリサちゃんの会話を偶然から盗み聞いてしまう。

委員長曰《いわ》く、「べ、別に西野君のこととか、なんとも思ってないし！」「だとしても、西野君はないから！ ほ、他に気になる人がいるし！」

委員長から好かれていると考えていた西野は絶句。

宙に浮いてしまった彼の恋心は、ジェット機に載せられて羽田《はねだ》に送り届けられた。

〈依頼　一〉

　修学旅行で学校を留守にしていたのも束《つか》の間《ま》のこと。楽しかった行事はあっという間に過ぎ去り、普段と変わらず登校日がやってきた。生徒たちは制服を着込んで、いつもどおり教室に集まってくる。

　しかしながら、二年A組では旅行の熱も冷めやらぬ。

　生徒の間で交わされている話題は、大半が旅中の出来事である。

　取り分け、二日目より勃発した告白騒動を巡っては、クラス内での人間関係にも変化が見られた。影響は旅中に限らず、なかでも交際に至った面々が話題の中心に立ち、多くの生徒から注目を集めていた。

「おい、金子《かねこ》のヤツ、佐竹《さたけ》さんとヤッたらしいぜ？」「どうせ出任せだろ？」「本人まだ来てなくない？」「アイツだけは、卒業するまで童貞仲間だと思ってたのに」「やっぱ実家が太いって最強だよな」「くそ、俺も告白しとけばよかった」

「井上《いのうえ》さん、坂下《さかした》君にオッケーもらったらしいよ？」「えっ、マジ？」「旅行中ははぐらかされたって言ってなかった？」「戻ってきてから、改めて返事があったらしいんだよね」「もしかして、他にも告白してた子がいたとか？」「あぁ、それだよ」

　賑《にぎ》わいを見せている生徒はカーストの上下に関わらない。教室の各所に生まれた仲良しグループの間で、同じ話題が交わされている。普段なら浮いた話など縁遠いカースト下層の生徒たちですら例外ではなかった。

登校から間もない時分、教室内はいつにも増して活気に溢《あふ》れていた。

一連の話題は向こう数日、強烈に尾を引きそうだと誰もが予感している。

すると話題性という意味では、他より頭一つ抜きん出た生徒が登校してきた。

そう、西野《にしの》である。

開けっ放しとなっていた教室後方のドア。そこから登校間もないフツメンが顔を見せると、室内に居合わせた誰もの意識が彼に向けられた。自然とお喋《しゃべ》りの声も途切れて、賑《にぎ》やかだった教室内が静かになる。

一方で本人は教室の変化を気にした素振りもなく、朝の挨拶運動を敢行。

「おはよう、皆。女心と秋の空、とはよく言った言葉だ。いいや、女に限った話ではない。人の心ほど移ろい易《やす》いものはない。早合点していることもある。大切にすべき何かを自らの内に持たねば、人は容易に自分を見失ってしまうだろう」

ああだこうだと講釈を垂れながら自身の席に向かう。

どことなく物憂げな物言いは、修学旅行の最終日、復路のフライト中に盗み聞いた委員長の発言が原因である。西野君はないから！　ほ、他に気になる人がいるし！　とかなんとか、リサちゃんとの会話をはっきりと耳にしていた。

当然ながらクラスメイトから返事は戻らない。

代わりにフツメンを眺めつつ、ヒソヒソと言葉が交わされ始めた。

「西野のヤツ、誰かに告って振られた？」「あれじゃね？　修学旅行の最終日に空港で抱き合ってた褐色の子」「現地で別れてからメッセで必死になり過ぎたとか？」「めっちゃあり得そう」「っていうか、もう冬だけど」「ここんところ急に冷え込んできたよな」

その光景を目の当たりにして、委員長は内心ホッと胸を撫《な》で下《お》ろした。

ここ最近、寝ても起きても脳内に居座っているフツメン。それが出会って間もない褐色娘に横取りされたかと、ずっと気になっていた彼女である。まさか自身との距離感が大幅に開いたとは夢にも思わない。

志水《しみず》とリサちゃんはトイレ内に西野の存在を把握していなかった。

フライト中、彼女たちがトイレ付近から離れるのを待ち、自席に戻った西野である。本人の主観からすると一方的な勘違い。委員長から好かれていると早とちりの上、勝手に舞い上がっていたと、猛省の只中《ただなか》にある。

童貞の女漁《あさ》りは修学旅行を挟んで振り出しに戻った。

「…………」

自席に着いたフツメンは、今後の身の振り方に一考。

自然と脳裏に浮かんだのは、アイドル騒動の折、来栖川《くるすがわ》アリスから与えられた告白である。彼から改めて返事をすれば、断られるようなことはないだろう。熱心なラブコールを思い起こせば、コミュ障であっても確信を覚える。

しかし、それはそれで格好《かっこう》が悪い。

他に好きな相手がいるだなんだ、偉そうに語っていた手前、先方も疑問に思うことだろう。意中の相手に脈がないと知るや否や、他所《よそ》の女のところへ逃げ出す。それはフツメン的に考えてアウトだった。自らの美学に反する行いだった。

これは先んじて告白を受けていたガブリエラに対しても同様である。

妙なところで生真面目、融通の利かない性格が、異性との機会を逃していることに気づかない。恋愛市場で活躍を見せる世の男女が、短い期間で彼氏彼女を取っ替え引っ替えしている事実とは正反対だ。

そうこうしている間にも、生徒たちは次々と登校してくる。

「おいっす、西野《にしの》」

「おはよう、荻野《おぎの》君」

「どうしたんだ？　朝っぱらから神妙な顔しちゃって」

「いや、そう大したことじゃない。少しばかり寝不足でな」

教室内では委員長やリサちゃんに次いで、西野に声を掛ける生徒が現れた。

修学旅行でグループを共にした成果だろう。荻野君は自然な装いでフツメンと挨拶を交わす。過去の経緯を申し訳なく感じた剽軽者《ひょうきんもの》が、最近になって西野に気遣いを見せ始めたことは、クラスメイトも把握していた。

これまでにも何度か見られた風景とあって、そこまで話題に上がることはない。一部の生徒の間では、剽軽者の評価に上昇が見られつつある。

そうして段々と賑《にぎ》やかになり始めた朝の時間。

二年A組の教室を見慣れない女子生徒が訪れた。

開けっ放しであった前方のドアから、控えめな足取りで室内に入り込み、出入り口の脇に立って教室内の様子を窺《うかが》い始める。背中に大きくかかるまで伸ばされた黒髪と派手なカラコンが印象的な人物だ。

上履きの色から同じ二年生だと判断できる。

その存在に気づいた女子生徒の間では、ヒソヒソと言葉が交わされ始めた。

「ねぇ、奥田《おくだ》さん来てない？」「あの子が他所のクラスに顔を出すなんて珍しいね」「普段は自分の教室から出てこないもんね」「休み時間も自分の席でラノベとか六法全書を読んでるらしいよ」「なんで六法全書？」「ほら、あの子ってアレだから」

直後には彼女の姿を確認して、数名の男子生徒に変化が見られた。

教室の出入り口方向を見つめて身を強張《こわば》らせる。

そして、これは荻野君も同様であった。

「どうした？　荻野《おぎの》君」

「いや、な、なんでもねぇよ。なんでも」

「見たところ、他所《よそ》のクラスの生徒のようだが……」

自然と西野《にしの》の注目も、剽軽者《ひょうきんもの》が見つめている先に向かう。学校大好き野郎も、他所のクラスの女子生徒までは把握していない。自身の記憶にない異性の姿を眺めて、その所属に意識を巡らせる。

するとも教室内の注目を受けて、先方に反応が見られた。

「わ、私に告白してきた男子たちに告ぐ。この場で諸君らの声を聞こう！」

所在なげにしていたのも束《つか》の間《ま》、仁王立ちになって大声で宣言。

大仰な物言いに対して、心なしか声に震えが感じられる。

それでも顔にはニンマリと笑みが浮かぶ。

自《おの》ずと教室に居合わせた生徒たちからは注目が向かった。

大半は、え、なにそれ、といった面持ちで彼女を凝視。芝居じみた物言いは、よく通る声と相まって、舞台劇の一節でも切り出したかのよう。当然ながら、朝の教室には異物さながらに響いた。

一部、事情を理解していると思《おぼ》しき生徒の間では、早々寸感が交わされ始める。

「ねぇ、あの子なんなの？」「C組の奥田《おくだ》さんじゃん」「知らないの？　奥田さん」「なに

その有名人ムーブ的なの」「入学した直後にやらかした不思議ちゃんだよ」「最近は大人しかったのに、どうしたんだろ」「ぶり返したんじゃない？」

「いわゆるあれだよ、ほら、中二病ってやつ」「女子でそういうの珍しくね？」「中二病とか、オッサンオバサン世代じゃん」「本人もヤバいと思ったのか、一年のうちに大人しくなったんだよね」「噂《うわさ》だと、ちょくちょく燻《くすぶ》ってたみたいだけど」

会話の一部は、西野《にしの》や荻野《おぎの》君の耳にも聞こえた。

当然ながら本人の下にも届く。

これにビクリと肩を震わせつつ、それでもC組の奥田《おくだ》さんは口上を続けた。

「皆、どうしたのだ？　私のスマホに送られた情熱的なメッセージは嘘《うそ》だったのかい？」

尊大な物言いは、教室を訪れての第一声と変わりない。

自身が主役の物語を演じているかのような言動である。

彼女の口からは矢継ぎ早、二年A組の生徒と思《おぼ》しき名前が続けられた。

「ならば、各人の名を挙げていこう。上野《うえの》、松本《まつもと》、渡辺《わたなべ》、荻野……」

「ちょっと待った。そういうことなら他所《よそ》で話を聞くからっ！」

その中に自らの名字を確認したことで、荻野君に動きがあった。

西野の傍《かたわ》らを発《た》って、彼女に向かいバタバタと踏み出す。

反応が見られた男子生徒を確認して、先方からは疑問の声が上がった。

「……ど、どちら様ですか？」

大仰な物言いから一変、C組の奥田さんは勢いを失っての対応。

声色を顕著に変えての受け答えは、こちらこそ彼女の素ではないかと、耳にした誰もに予感させた。異性の接近を受けて、すぐさま半歩下がった立ち位置も然《しか》り。男子から声を掛けられることに慣れていないのだろう。

「荻野だけど」

「…………」

自ら名乗りを上げた剽軽者《ひょうきんもの》を見つめて、奥田さんは口を閉ざした。

相手の姿を上から下まで、事細かに確認するように見つめる。

その面持ちはなんとも言えないものだ。

両者の間では会話も途切れる。

賑《にぎ》やかだった喧騒《けんそう》も失われて、静かになった二年A組。

そこにさらりと響く声があった。

「男子から告白が重なって、勘違いして、中二病がぶり返したとか？」

「っ……！」

発言を耳にして、奥田さんの身体《からだ》が再びビクリと震えた。

どうやら図星を突かれたようである。

意識はすぐさま、声が聞こえてきた方向に向かう。

すると、そこには自席に腰を落ち着けて、端末を弄《いじ》る松浦《まつうら》さんの姿があった。ジトッとした眼差《まなざ》しで、並び立った奥田《おくだ》さんと荻野《おぎの》君を見つめている。先週までとデザインを変えたスマホケースは、修学旅行中に購入した高級ブランド品だ。

西野《にしの》からゲットしたお小遣いは結局、すべて彼女のお土産代に消えた。おかげで彼女は先日からご機嫌である。普段なら無視しただろうクラス内の出来事に対して、自ら声を上げてみせたのも、そのような背景があってのこと。

「……松浦さん、色々と噂《うわさ》は聞いてたけど」

「どうせ碌《ろく》な話じゃないでしょ」

奥田さんと松浦さんの間で言葉が交わされる。

どうやら二人は知り合いのようだ。

クラスメイトは彼女たちの会話を眺めて、各所でヒソヒソと話を始める。

「松浦さんと奥田さん、一年の頃は同じクラスだったよね」「そうだっけ?」「あの頃は松浦さん、全然目立たなかったから」「二人も含めて、地味な子たちで固まってたね」「むしろ、ここ最近がおかしくない?」「ちょっと止《や》めなって、刺されるよ」

修学旅行の自由行動中、松浦さんは荻野君の端末を垣間見《かいまみ》たことで、彼から奥田さんへのアプローチを把握していた。西野や委員長と別れて、二人でショッピングモールを歩き回っていた時分のことである。

同じようなことが他の男子生徒との間で行われていても不思議ではない。

そのように考えて、松浦さんはここ数ヶ月で疎遠となっていた知人と話を続ける。

「奥田さん、まさか自分に告白してきた相手の顔も知らなかったの？」

「だから、か、確認しようと思って、それでこうして……」

「松本《まつもと》はそっちの隅の方でラノベを読んでるヤツ。渡辺《わたなべ》は教卓の上で雑誌を広げてる三人のうちの眼鏡。上野《うえの》は一年のとき同じクラスだったから知ってるでしょ？　髪の毛伸ばして後ろで縛ってるの今も変わらないし。で、荻野はそれ」

松浦さんの説明に応じて、奥田さんの注目が教室内を行き交う。

視線が右往左往するにつれて、その表情は段々と輝きを失っていった。どうやら紹介を受けた男子生徒一同は、彼女のお気に召さなかったようである。一方で名を上げられた面々は、期待に満ちた眼差しを彼女に送っていた。

両者の反応を目にして、クラスメイト一同は松浦さんの発言に確信を得る。

他方、奥田さんは彼女に対して、首を傾《かし》げつつ言葉を続けた。

「松浦さん、私の記憶が正しければ、渡辺君ってイケメンだったと思う」

「それはB組の渡辺でしょ？　A組の渡辺は普通にブサメンだし」

「……二人、いたんだ。渡辺君って」

彼女たちのやり取りを受けて、Ａ組の渡辺《わたなべ》君にダメージ大。

奥田《おくだ》さんから名の上げられた面々は、総じて学内カーストも中層以下に位置する男子生徒であった。各々の上下で言えば、荻野《おぎの》君がトップ。当然ながら、本来であれば異性に告白をするような性格の持ち主ではない。

それがどこぞのフツメンのせいで大告白ブーム。

結果的にしわ寄せが向かったのが、Ｃ組の奥田さんだった。

「もしかして、私、またからかわれたのかな？」

「修学旅行の間にあった騒動、知らないの？」

「え、なにそれ……」

「ホテルで相部屋の子から聞かなかった？」

「宿泊先は端数が出て、私は一人部屋だったから」

「だとしても、自由行動の間に少しくらい話題とかあったでしょ」

「いや、自由行動はグループが組めなくて、担任の先生と一緒だったし」

「…………」

奥田さんの素直《すなお》な受け答えには、松浦《まつうら》さんも言葉を失った。

西野《にしの》よりも不憫《ふびん》な境遇で修学旅行に臨んだヤツがいたのかと、珍獣でも眺めるような面持ちで同級生を見つめてしまう。これは二年Ａ組の面々も同様であったらしく、教室内に居心地の悪い静けさが訪れた。

そこで致し方なし、松浦さんは旅中の告白騒動を説明することにした。

すると一通り説明を聞いたところで、奥田さんに顕著な反応が見られた。

「えっ、それじゃあ、私のキャラが男子にウケて、モテ期が来たとかじゃ……」

「むしろ、ワンチャン狙いの陰キャが列を成してるって感じ？」

「っていうことは、あの、松浦さん。こういう告白って私以外にも……」

「私のところにも、片手じゃ収まらないくらいメッセージ来てるけど、見る？」

「っ……！」

奥田さんは絶句した。

どうやら自身が置かれた状況を理解したようである。

そして、驚いたのは彼女に限らない。

それは主に、片手で収まる数以下しかメッセージが来なかった一部の女子生徒である。どうして松浦さんなんかが私よりも、などと嫉妬を募らせる羽目となる。来たら来たで面倒臭いが、来なかったら来なかったで悔しいのが告白だった。

「っていうか、どう足掻《あが》いてもウケる訳ないじゃん。なんでそんな前向きなの？　行動力が一瞬で振り切れるの、たぶん病気だから治したほうがいいと思うよ。大人になってからじゃ絶対に遅いから」

段々と話をするのが面倒になってきたのだろう。

松浦《まつうら》さんの語調が険しさを増す。

遠慮のない物言いを受けては、委員長から叱咤《しった》の声が上がった。

「松浦さん、もうちょっと言い方ってものがあるんじゃない？」

「こういうのは真正面から言ってあげたほうが、本人の為《ため》になると思うけど」

「だとしても、言い方は考えたほうがいいと思わない？」

「常日頃からクラス委員長を気取ってる委員長も、私は大概だと思うなぁ」

「んなっ……」

仲良しグループが解散して以来、ちょっと気にしていた志水《しみず》である。

私のキャラ作り、これで本当にいいのだろうか、とかなんとか。

そして、キャラ作りという意味では、一向にぶれそうにない男がいる。

静まり返った教室内、ブブブという端末の振動音が響き始めた。

しばらく待っても鳴り止《や》む気配のないそれは、奥田《おくだ》さんが本日空回りする羽目となり、A組の渡辺《わたなべ》君がブサメンの誹《そし》りを受ける原因を作った人物のポケットから聞こえてくる。

どうやら電話の通知のようで、なかなか途切れる気配がない。

「……すまない、少々失礼する」

無視することを諦めた西野《にしの》は、これを取り出して画面を確認する。

勿体《もったい》ぶった態度で、椅子に座ったまま足など組み替えつつの行いだ。

黙って廊下に出てから受ければいいものを、さも自身が会話の場に参加しているかの如《ごと》く、存在感を主張しつつ通話ボタンを押下。周囲から向けられる視線も、何ら気にした様子なく電話を受けた。

極めつけ、第一声はこれである。

「俺だ」

『朝っぱらから悪いが、少しばかり時間をいいか？』

「些《いささ》か込み入っている。手早く頼みたいところだな」

電話の相手はマーキスであった。

静まり返った教室内に、フツメンの声が鮮明なものとして響いた。

「おい、また西野がアラーム仕掛けやがった」「手際が良すぎるだろ」「まさかとは思うけど、隠れて協力してるヤツとかいるんじゃないか？」「西野の格好《かっこう》つけに協力して、何の得があるんだよ」「誰か、後ろから画面とか確認して来いよ」

狙いすましたようにかかってきた電話と、相変わらずな対応。否応《いやおう》なく面前で繰り返される光景を眺めて、クラスメイトは辟易《へきえき》した面持ちで言葉を交わす。もはやアラームがどうのという問題ではなさそうだ。

ただ見ているだけで、その存在が苛立《いらだ》たしく恥ずかしい。

事情を理解している委員長でさえも、二の腕をブツブツとさせている。

『仕事を頼みたい。今晩にでも来てもらえないか？』

「いいだろう、今晩だな」

『そう大した仕事じゃないんだが、先方はアンタをご指名でな』

「仕事を受けるか否かは、仔細《しさい》を聞いてからだ」

『承知している。それじゃあ頼んだぞ』

「ああ、分かった」

通話をしていたのは、ほんの数十秒ほどである。けれど、これを眺める生徒たちには、とても長い時間のように感じられた。耳に届けられる一言一言が、的確に神経を逆撫《さかな》でする。聞きたくないのに耳の穴に飛び込んでくる。

西野《にしの》の言動は初見とあって、呆然《ぼうぜん》とする奥田《おくだ》さん。

幸か不幸か、止まってしまった会話の流れ。

端末をズボンのポケットにしまった直後、西野はこれに気づいた。

そこで自らに注目する面々に向けて、小さく手を掲げて呟《つぶや》く。

「続けてくれ」

クラスメイト一同、西野に手玉に取られたかのような気分である。

決して協力した覚えなどないのに、気づけばフツメンのハードボイルド劇場の一端を担ってしまっている。まるで誰も彼もが、西野が主演を務めているドラマに、脇役として配置されたかのような気分だった。

「西野、お前って何様の……」

我慢の限界に達した鈴木《すずき》君が、自席の椅子から立ち上がらんとする。

彼とは席を囲んで雑談を交わしていた竹内《たけうち》君も、この状況で友人を止めることは憚《はばか》られた。もう少しどうにかならないものかと、腹の中では思いを湛《たた》えつつも、表立って指摘をするような間柄でもない。

そんな鈴木君に先んじて、奥田さんが松浦《まつうら》さんに問いかけた。

「あの、松浦さん。今そこで電話してた男子って誰？」

「西野君、知らないの？」

「えっ、彼が西野君なんだ……」

彼女の注目は松浦さんを過ぎて、自席にかけたフツメンに向かう。

二人のやり取りを確認して、鈴木君は一歩を踏《ふ》み留《とど》まった。確かなコミュ力を持ち合わせている鈴木君は、女子の会話を遮ってまで、フツメンを罵倒するのは違うと考えたようである。これには竹内君もホッと一息。

ややもすると、教室後方のドアから新たに他所《よそ》のクラスの生徒がやってくる。

小柄な体躯《たいく》に艶《つや》やかな頭髪の二人組。

ローズとガブリエラである。

教室を訪れた彼女たちは、静まりを見せる生徒一同に首を傾《かし》げた。

「あら、何やら妙な雰囲気が漂っているわね」

「そちラの彼女は見ない顔ですね。他所《よそ》のクラスの生徒ですか？」

二人の注目は早々に奥田《おくだ》さんへ向けられた。

彼女はハッと何かを思い出したように居住まいを正す。

そして、教室を訪れた当初と同様、芝居じみた物言いで声を上げた。

「み、皆から与えられた気持ちはありがたく思う！　だが、私の胸に滾《たぎ》る情動は諸君らが受け止めきれるほど、小さいものではないのだ。ということで、もう教室に戻るから、こ、この話は終わりということでお願いします！」

そうかと思えば、逃げるように二年A組を出ていった。

パタパタという足音も、すぐに遠《とお》退《の》いて聞こえなくなる。

入れ替わりで教室に入ったローズとガブリエラは、西野《にしの》の席に向かった。

「あの子、どうかしたのかしら？」

「すまないが、疑問があるなら松浦《まつうら》さんに聞いて欲しい」

「彼女は貴方《あなた》に注目していたように見ラレましたが」

「だとしても、顔を合わせたのは今日が初めてのことだ」

奥田さんが教室を出ていったことで、教室はいつもの喧騒《けんそう》を取り戻していく。

今しがたの出来事を眺めて、随所でガヤガヤと言葉が交わされ始めた。

「西野の格好《かっこう》つけを見た後だと、奥田さんの発作が可愛《かわい》らしく感じられる」「それ俺も思った」「むしろ、あれくらいなら個性の範疇《はんちゅう》じゃね？」「っていうか、荻野《おぎの》のヤツちゃっかり告ってたのな」「修学旅行も松浦さんと楽しんでたらしいよ」

「個人的には、渡辺《わたなべ》が哀れでならないんだけど」「自分から奥田さんに告ったんだろ？　自業自得だし」「同学年のイケメンと名字が被《かぶ》るとか、もはや呪いだよな」「クラスが別なだけマシじゃね？」「同クラだと、すげぇ辛《つら》いんだよな……」

そうこうしているうちに、朝のホームルームを知らせる予鈴が鳴り響く。

生徒たちは散り散りとなり、各々の席に落ち着いていった。

◇◆◇

同日の放課後、西野はマーキスとの約束通り、六本木《ろっぽんぎ》のバーに足を向けた。

店先には閉店中の案内が下げられている。しかし、出入り口はロックされておらず、ドアを押すと客の入店を知らせる鐘が鳴った。フロアに足を踏み入れると、グラスを磨いていたバーテンと視線が合う。

店内に足を進めたフツメンは、カウンターの中頃の席に腰を落ち着けた。

「毎度のことではあるが、急に呼び出してすまない」

「別に構わない。今日はこれといって予定もなかった」

「それにしては後ろが賑《にぎ》やかに感じられたが……」

「ここのところ学友が、何かと身の回りで騒々しくしていてな」

「……そうか」

さも学内では人気者であるかのように、西野《にしの》は振る舞ってみせる。

マーキス的には、ちょっと信じられない商売相手の発言である。けれど、藪《やぶ》をつついて蛇を出すこともないので、素直《すなお》に頷《うなず》いておくことにした。フランシスカが同席していたのなら、皮肉の一つでも言っていたことだろう。

「旅行中にも色々とあったと聞いたが」

「あの女の尻拭いだ。まあ、そう大したことじゃない」

「そうか？ 噂話《うわさばなし》はこちらにまで聞こえてきているんだが」

「アンタの古巣も、ここ最近は風通しが良くなったな」

「………………」

グアムでの騒動を巡り、マーキスから西野に確認が入る。

けれど、本人の口からはこれといって情報も得られない。

フツメンとしてはそれ以上に、現地で出会ったノラとの別れの際のやり取りが、率先して脳裏に蘇《よみがえ》る。委員長からの好意が勘違いであったと早合点した今、空港で交わした彼女との抱擁は、彼にとって青春ランキングの上位に輝く出来事。

こんなことなら連絡先を交換しておけばよかった、とは後悔先に立たず。

現地では名残惜しそうにする先方へ、格好《かっこう》つけて背を向けた童貞野郎である。

「それよりも、仕事の話を聞きたい」

「あぁ……」

食い下がるマーキスに対して、西野は別の話題を振る。

これ以上の探りは難しいと判断したようで、バーテンは素直に頷いた。

「とは言っても、アンタにとっては大した仕事じゃないと思うが」

カウンターの上、フツメンの正面に一枚の写真が差し出された。

映っているのは三十代も中頃と思《おぼ》しき白人男性。どうやら隠し撮りのようで、建物から出てくるところを撮影されていた。かなり顔立ちに優れた人物だ。隣に並んだ女性との比較から、身長も高いことが窺《うかが》える。

少し長めのクールカットに整えられたブロンドの頭髪は、アジア圏の人間が白人男性と聞いて思い浮かべる典型的な装い。スーツが良く似合う脚長でスラリとした体格は、寸胴《ずんどう》なフツメンからすれば、理想と称しても過言ではない。

「本人は上からの指示だと言っていた」

「フランシスカから連絡があったのか？」

「あの女の同僚だ。以前、アンタのことを追い回していた人物でもある」

「随分な男前じゃないか」

「ほぅ」

フツメンの脳裏に思い起こされたのは、委員長と共にした逃避行。なんだかんだと理由を付けられて、執拗《しつよう》に追い立てられたことは記憶に新しい。そのときフランシスカに代わって現場の指示にあたっていたのが、写真の人物のようだ。

「更迭された以前の上司とは仲が良かったらしい」

「こちらに気を利かせたつもりか？」

「どうだろうな。ただ、先方から提示された報酬の額は悪くない」

「居場所は掴《つか》めているのか？」

言葉少なにやり取りを交わすフツメンの口調は完全にお仕事モード。

学校帰りの制服姿に似合わない台詞《せりふ》がスラスラと出てくる。

「都内にいるらしい。仕事を受けるようなら、改めて先方から連絡がある」

「期日は？」

「具体的には聞いていない。そこまで急ぐような仕事ではないのかもしれない。ただ、高飛びする可能性が考えられる。空路は押さえているそうだが、まとまった時間を取ることが難しいようなら、こちらで断っても構わない」

「そうか」

「……どうする？」

依頼内容を伝えられたことで、フツメンは思案顔となる。

わざわざ顎に手を当てたりして検討中をアピール。

過去の実績からすれば、比較的容易なお仕事だった。だからこそ、名指しでお鉢が回ってきた事実に疑問を覚えないでもない。可能性としてはやはり、依頼主からの忖度《そんたく》ではないかと西野《にしの》は考えた。

「乗りかかった船だ、最後まで面倒をみるとしよう」

「先方とは今晩中に話をしておく。悪いが明日、もう一度ここに来て欲しい」

「承知した」

互いに合意が取れると、マーキスがカウンター内で動き始めた。

バックバーからボトルを手に取り、これをグラスに注ぐ。封を開けて間もないボトルの口から、トクリトクリという小気味良い音が響く。フツメンの面前、あっという間に最初の一杯が用意された。

差し出されたグラスを手に取り、西野はこれをチビリチビリと舐《な》めるように頂く。

「しかし、アンタのところも随分と手広く仕事を受けるようになった」

「優秀なエージェントが、各所で名前を売ってくれているからな」

「もう少し人を増やしたほうがいいんじゃないか？」

「増やしてはいるんだが、なかなか定着しない」

「支払いが悪いんだろう」

「報酬を受け取ることなく、口を利けなくなるヤツが多い」

お仕事モードにお酒が追加されたことで、これまで以上に饒舌《じょうぜつ》となる西野《にしの》。

普通極まる顔面偏差値に似合わない台詞《せりふ》が次から次へと飛び出す。

そうした彼の言動に、しかし、マーキスはなんら気にした素振りもなく会話を交わす。

本家本元、思春期のフツメンに多大なる影響を与えた人物は、古くからの友人と話をするように言葉を続けた。

「どこで知ったのか、【ノーマル】の名前に憧れるヤツが出てきた」

「人のせいにするのは感心しないな」

「アンタが考えている以上に、この名前は大きな意味を持ち始めたようだ」

「なんならくれてやっても構わない。欲しがっているヤツを教えてくれ」

対する西野は、普段と変わらずシニカル一辺倒。

突き放すように語り、グラスを口元に運ぶ。

「大丈夫だとは思うが、気をつけて欲しい」

「今回の仕事に気になることでもあるのか？」

「そういう訳じゃない。だが、ここのところ賑《にぎ》やかにしていただろう」

グラスに続けて、チーズやジャーキーを差し出しつつマーキスが言う。

西野の意識に浮かんだのは二年A組のクラスメイトだ。

つい数ヶ月前までは、碌《ろく》に口を利いたこともなかった面々。それが今では彼の中でとても大きな存在となり、日々の何気ない言動にも影響を与えている。そして、本人はこうした事実をとても喜ばしく感じていた。

「……あぁ、違いない」

小さく頷《うなず》いたフツメンの口元に、僅かながら笑みが浮かぶ。

それから四半時ほどでグラスを飲み干し、西野は店を後にした。

◇◆◇

六本木《ろっぽんぎ》を発《た》った西野は、真《ま》っ直《す》ぐに自宅であるシェアハウスに帰宅した。

玄関ホールを過ぎて階段を登り、二階フロアに差し掛かる。

すると、キッチンの方からローズとガブリエラの言い合う賑やかな声が聞こえてきた。

どうやら二人揃《そろ》って夕食の支度を行っているようだ。背後ではシンクで水の流れる音や、ぐつぐつと鍋の煮える音が聞こえてくる。

「どうして貴方《あなた》は和風ドレッシングに、豆板醤《トウバンジャン》を入れてしまったのかしら？」

「本日の昼休み、お姉様が用意していた麻婆豆腐《マーボーどうふ》が美味《おい》しかったので、リスペクトしてみました。コレは絶対にいけナルと思います。ピリリとした味付けが、箸を進ませルこと間違いありません」

「その為《ため》にニンニクを入れているのよ。しかもこんなに真っ赤にしちゃって……」

「丁度いい感じではありませんか？　どレ、少し味見をしてみましょう」

「あ、ちょっと、そんなに大きなスプーンで掬《すく》ったらっ……」

「んんぅぅうう!?」

直後にはガチャン、バキンと何かの壊れる音が聞こえてきた。

これまた物騒な気配である。

三階の自室に向かわんとしていたところ、西野《にしの》は足取りをリビングに向けた。開けっ放しであったドアを越えると、床続きのダイニング越し、キッチンに立ったローズとガブリエラの姿が確認できる。

先方も彼に気づいたようで、カウンターを越えて声が届いた。

「今日は随分と遅かったわね。どこに行っていたのかしら？」

「あぁ、マーキスのところに寄っていた」

「もしかして、お仕事？」

「そんなところだ」

つい先月までのフツメンであれば、ローズに対して素直《すなお》に事情を伝えるような真似《まね》はしなかっただろう。しかし、昨今の二人は過去になく円満な関係にある。西野は躊躇《ちゅうちょ》なく本日の予定を口にしていた。

まるで夫婦みたいな会話ね、とはローズの脳内に浮かんだ惚気《のろけ》である。

そうしたやり取りのすぐ近くで、ガブリエラはゲホゲホと咳《せき》を繰り返す。

どうやら辛味を景気よく吸い込んでしまったようだ。気管に入り込んだらしく、かなり辛《つら》そうにしている。彼女の足元には割れた陶器のお皿と、和風ドレッシング改め、激辛中華ドレッシングが飛散している。

「の、喉がっ……喉が豆板醤によって、激しく蹂躙《じゅうりん》されています……！」

「当たり前じゃないの。貴方、どれだけ馬鹿なのよ」

同居人のやり取りを眺めつつ、西野はダイニングテーブルに向かう。

手に下げていた鞄《かばん》を足元に置いて、定位置となった椅子に腰を落ち着けた。同居を始めて以来、何かと騒動の絶えないローズとガブリエラである。夕食までは同所で見張りに努めようと考えたフツメンだった。

「み、水を、水を飲まなければ……」

喉元が落ち着いたところで、ガブリエラの意識がシンクに向かう。

右手を蛇口のハンドルへ伸ばすと共に、口元をスパウトの先端部分に向ける。空いた左手は身体《からだ》を支えるべく、シンクの縁に勢いよく突かれた。コップに汲《く》むのももどかしく、直《じか》飲みの構えである。

この判断がよろしくなかった。

姿勢を支えるべく下ろした左手の先には、まな板があった。上には食材を切るのに利用した包丁が、依然として載せられたままである。そして、板本体はワークトップからシンクに一辺を数センチほどはみ出すように置かれていた。

その不安定な部分にガブリエラが手を突いたことで、まな板は勢いよく半回転。

上に載せられていた包丁が、テコの原理から空中を過激に舞った。

それは水を口にするべく、シンクに向かって頭を突き出し下げていたガブちゃんの頭上を越えて、すぐ隣に立っていたローズに向かい一直線。しかも不運なことに、切っ先は進行方向を向いていた。

鋭く尖《とが》った三徳包丁の切っ先が、金髪ロリータの喉元を直撃する。

「っ……」

以前も同じようなことがあったわね、とローズは思った。

それは諦めにも似た感慨。

刃が数センチほど首に入り込んでいる。

それでも自重を支えるほどの支えは得られなかったようだ。包丁は彼女の首に突き刺さっていたのも束《つか》の間《ま》、自《おの》ずと抜けてキッチンの床に落ちる。柄《つか》の部分から当たり、ゴトリと大きな音が響いた。

間髪を容《い》れず、プシャァと吹き出した血液がキッチンを真っ赤に染め上げる。

ほんの一瞬の出来事であった。

これには流石《さすが》の西野《にしの》も反応することができなかった。咄嗟《とっさ》に立ち上がり、力を行使するべく意識を向けるも、その時点で既にローズは包丁を身に受けていた。カウンターを越えてダイニングテーブルにも飛沫《しぶき》が散る。

そして、吹き出した血液の多くは、水を飲むべく口を開けたガブリエラを直撃。

彼女の口内に大量の血が入り込んだ。

「うばばばばばばっ！」

水を欲していた喉は、予期せぬ血液の流入に対処できずゴクゴク。

決して少なくない量を反射的に飲み込んでしまう。

目を白黒させて、そのまま床にへたり込む羽目となった。

どうやらガブリエラ自身も、意図しての行いではなかったようだ。

「貴方《あなた》って子は、本当に、もう……」

ひねり出すようなローズの呟《つぶや》きがガブリエラに与えられる。

包丁は辛うじて気管を逸《そ》れていたようだ。

しかし、夥《おびただ》しい量の出血は本物。

数瞬ばかり遅れて、失血から意識を失ったローズが倒れた。

「………」

こうなると西野《にしの》も上手《うま》い言葉が浮かばない。

それでも被害にあったのが、ガブリエラではなくローズであったことに安堵《あんど》する。しばらく待てば勝手に復帰するだろうと、彼はキッチンの掃除をするべく、ダイニングの椅子から立ち上がった。

◇　◆　◇

ローズの出血を受けて、調理の途中にあった料理は全滅。ガブリエラ謹製のドレッシングが振りかけられる予定であったサラダも、コンロの上でじっくりコトコト煮込まれていたビーフシチューも、何もかもが真っ赤である。

以降、西野たちは真夜中まで必死になってキッチンの清掃。

夕食は近所のコンビニエンスストアで調達する羽目となった。

三人で仲良くお買い物。

そして、店を出た西野《にしの》たちが訪れたのは、自宅の近くにある公園だ。

せっかくの機会ですから外で食べましょう、というガブリエラの提案に促されて、公園の中程に設置されたベンチに三人で並んでいる。幸いにも今晩は風がほとんど吹いておらず、コートを着込めば寒さはなんとか耐えられそうだった。

「寒空の下で頬張《ほおば》ル肉まんは最高ですね。お腹《なか》も減っていルので堪《たま》りません」

「こんなことなら、熱々のおでんを買ってくればよかったわ」

「あぁ、その意見には賛成だな」

ほかほかと湯気を上げる肉まん。これを満面の笑みでパクつくガブリエラの傍《かたわ》ら、スパゲティーをフォークでぐるぐると巻きながらローズが言う。彼女たちに左右を囲まれて、西野は同意の声と共におにぎりを口へ運んだ。

園内に設置された横長のベンチは、大人が三人で座ると少し窮屈。しかし、内二名が小柄であることも手伝い、そう苦労なく並ぶことができた。コンビニエンスストアで買い込んだ商品を傍らに置いても、多少の余裕がある。

「たまにはこういった食事も、おつなものだとは思いませんか？」

「正直、味はそこまで褒められたものでないと思うのだけれど」

「お姉様の料理に比べたラそうでしょう。ですが、決して悪くないと思います」

「それなら明日から貴方《あなた》だけ毎食、コンビニの弁当や惣菜《そうざい》にしなさい」

「ちょっと待って下さい。ものには限度というものがあります」

そして、腰を落ち着けるも早々、賑《にぎ》やかとなるローズとガブリエラ。

西野を間に挟んで、ああだこうだと言い合いを始める。

「それはこちらの台詞《せりふ》よ。どうしたらああも家事を失敗できるのかしら」

「豆板醤《トウバンジャン》は初めて使ったので、適量を判断できませんでした。次は失敗しません」

「貴方に次はないわよ。キッチンには金輪際、何があっても近づかないで頂戴」

「そうなったラ誰が、レタスやキャベツの葉っぱを洗うというのですか」

「私が自分で洗うわよ。貴方、いつもシンクの周りをびしょびしょにするし」

「違います。あレは食材を隅々まで洗うのに、どうしても必要な代償なのです」

夜遅い時間とあって、公園には彼ら以外に誰の姿も見られない。

静かな園内にローズとガブリエラの声が響く。

これを満更でもない面持ちで聞きながら、フツメンは静々とおにぎりを口にする。本来であれば食べ慣れていた筈《はず》のそれが、随分と久方ぶりに感じられるのは、ローズと生活を共にし始めてそれなりに時間が経過したからだろう。

今年の秋から冬にかけて、がらりと変化を見せた自身の身の回りを思い、西野は感慨深い気持ちになった。ペットのハムスターに向き合う時間も減ったな、などと思い起こしたところで、今晩は少し構ってやるかと決める。

それからしばらくして、ガブちゃんが肉まんを食べ終えた時分のこと。

続く献立を手に取ろうとして、ビニール袋に向けられた彼女の腕が、ガシャンと音を立てて足元に落ちた。支えを失った衣服の袖が、音に反応したローズと西野《にしの》の見つめる先で、ふわりと軽くなびく。

「あぁ、義手が取レてしまいました」

「いきなり腕が落ちると、理解してはいても心臓に悪いわね」

「先日もリビングで落としていたな」

「ここのところコロ、固定の具合がよロしくないのです」

落ちてしまった義手を拾い上げて、彼女はこれを元あった場所に戻すべく、ガチャガチャとやり始める。あまりにも自然に手足を動かしているガブリエラだから、西野たちにしてみれば、ついつい忘れそうになる事実だ。

「アンタはまだ若い。身体《からだ》が成長しているからではないか？」

「その可能性が高いとは、私も考えています」

「もしも学内で取れたりしたら、まず間違いなく騒ぎになるわよ？　貴方《あなた》の場合、授業なんて受けなくても変わりはないのだから、さっさと身体に合ったモノを用意してきたらどうなのかしら」

「その予定です。近い内に採寸に行こうと思います」

「ついでにそのまま、実家に帰ってしまっても構わないのだけれど」

「ご安心下さい、お姉様。三日もあレば往復して戻ってこラレます」

義手の固定を終えるや否や、ガブちゃんはすぐさま食事を再開。ビニール袋から取り出したホットスナックに嬉々《きき》として齧《かぶ》り付いた。それまでと同様、不思議な力で両手の指を器用に動かしてのこと。

その姿を尻目にローズは西野に問いかける。

「ところで西野君、グアムで出会った子とはどうなのかしら?」

「どうとは?」

「別れ際には随分と仲良さそうにしていたじゃないの」

「あぁ……」

空港のロビーで抱き合う二人の姿は、ローズもしっかりと目撃していた。

現地で別れたとはいえ、以降も連絡を取り合っている可能性は十分考えられる。彼女としては由々《ゆゆ》しき事態だ。今のうちに事情を把握、可能なら色恋沙汰の芽を潰しておかねばと意識を高くしている。

しかし、そうした危惧は本人の口から否定された。

「連絡先も交換していない。なにをどうすることもないだろう」

「あら、そうなの？」

「フランシスカに確認した訳ではないが、それでも当面は、身の回りのことで忙しくなるだろう。父親との関係にも不安が残る。そのような状況で、わざわざ先方に負担を強いるような真似《まね》は控えておきたい」

「それはまたご立派な考えだこと」

後悔していないと言えば、嘘《うそ》になってしまう童貞だ。

それでも他者の面前とあって精々格好《かっこう》つけておく。

すると直後、フライドチキンを頬張《ほおば》っていたガブリエラから補足が入った。

「あの娘の連絡先でしたら、貴方《あなた》のクラスの委員長が交換していましたよ。帰国した直後にもやり取りをしたと、本人から話を聞きました。なんでも英会話のレッスンに付き合ってもらっているそうです」

「英会話のレッスン？」

「共通の知り合いなのですから、尋ねれば教えてくれるのではありませんか？」

何気ないイキリが即座、自らに不利益として降り掛かるフツメン。

意外と余裕があるのかもしれない、とかなんとか。

だが、偉そうなことを語った手前、素直《すなお》に頷《うなず》く訳にはいかない。

「……いや、止《や》めておこう」

　これにはローズも内心ニンマリである。

言質を取ってしまえば、これでなかなか頑固な性格のフツメンである。自発的にノラへ連絡を入れるような真似はするまい。そのように考えて、異国の少女との関係は遠退《とおの》いたものと人心地つく。

「あぁ、お姉様がまたしても、意地の悪そうな笑みを浮かべています」

「貴方ねぇ、人聞きの悪いことを言わないでもらえないかしら？」

「アンタの笑い方はどことなく、フランシスカと似ている気がする」

「私が似たんじゃなくて、あの子が私に似たのよ。勘違いしないで欲しいわね」

　甚だ心外だと訴えんばかり。ローズは手元のスパゲティーを口に運びながら、不服そうな面持ちとなり語る。すると、そうした彼女の不機嫌そうな顔を眺めて、フツメンがなんとはなしに呟《つぶや》いた。

「とはいえ、あの女の相手をするよりは、アンタたちとこうしている方が遥《はる》かにいい」

「あら、それはどういった意味かしら？　西野《にしの》君」

「他意はない。言葉通りの意味だ。こうして過ごすゆっくりした時間も、思いのほか悪くはないものだと、最近になって感じるようになった。普段よりも幾分か、時間の経過が穏やかに感じられるのもいい」

「【ノーマル】にもそんな感傷があったなんて驚きだわ」

「アンタ、人をなんだと思っている」

「お姉様、西野五郷《にしのごきょう》を独占しないで下さい。そして、二人とも私をもっと構って下さい」

「貴方《あなた》はもう少し、慎みというものを覚えたらどうなのかしら？　人間味が過ぎるわよ」

「何気ない日々を全力で楽しんでこその人生です。躊躇《ちゅうちょ》していル暇はありません」

「たしかにまあ、アンタの言わんとすることも分からないではないが」

以降、食事を終えてからも、西野たちはしばらくの間、夜の公園で他愛《たあい》ない話をして過ごした。なにかと慌ただしい昨今を思えば、久方ぶりに何事もなく、三人で過ごす穏やかな一時であった。

〈依頼　二〉

翌日、西野は普段どおり二年A組の教室に登校した。

朝の挨拶運動を行いつつ自席に向かう。

荻野《おぎの》君も登校前とあり、自発的に声を掛けてくるクラスメイトは皆無。椅子に腰を落ち着けて、一時間目の授業の支度を行う。二つ隣の席では同じく登校間もない委員長が、フツメンを意識してチラチラと視線を向けている。

これと前後して、教室前方のドアから他所《よそ》のクラスの女子生徒が入ってきた。

二年C組の奥田《おくだ》さんだ。

背中にかかる長めの黒髪を颯爽《さっそう》と揺らしながらの入場。明るい色のカラコンは如実に目元を浮き上がらせる。つい昨日にも目の当たりにした装いだ。しかも本日はこれに追加して、左手の手首に包帯を巻き、首にチョーカーを嵌《は》めている。

昨日にも増して学校指定外の装備を増やした彼女の姿は、朝の忙《せわ》しない教室内でも人目を引いた。登場から早々にもクラスメイトの注目が向かう。その存在を巡り、生徒たちの間ではヒソヒソと言葉が交わされ始めた。

これを意に介さず、奥田さんの歩みは進む。

彼女が向かった先には、自席に座った西野の姿があった。

足取りは机の正面で停止、真正面から彼を見つめる位置に落ち着く。

訪れたのが松浦《まつうら》さんの席であったのなら、そこまで注目は受けなかったかもしれない。一年生の頃には同じクラスの仲良しグループ。付き合いのあった学友の下へ、交流を求めて訪れたのではないか、などとは容易に想像できる。

しかし、よりによって西野《にしの》である。

本来であればありふれた台風が、珍しく首都圏を直撃したかのような緊張感が走る。

これを肯定するように、奥田《おくだ》さんは仰々しい物言いでフツメンに告げた。

「やぁ、西野君。どうやら我々の時は今この瞬間にも満ちたようだ」

ブレザーのポケットに両手を突っ込み、どこか気怠《けだる》げに語る。昨日の同じ時間帯、松浦さんに論破されて自身の教室に逃げ帰ったときの、小物感に溢《あふ》れた態度とは打って変わって、とてもふてぶてしく感じられた。

これには西野も声を掛けられて一考。

我々の時、今、満ちた。

与えられたワードから、先方の言わんとすることを推し量る。

最終的に彼の注目は、黒板の上の辺りに設けられた時計に向かった。

「奥田さん、といっただろうか？　始業にはまだ少し時間があると思うが」

「あぁ、あまりにも儚《はかな》い一瞬だ。けれど、こうして与えられた朝のひとときこそ、我々にとっては日常を噛《か》みしめる、とても重要な時間だと思う。それを君と共に過ごしたくて、私は馳《は》せ参《さん》じたのさ」

「…………」

やたらと回りくどい奥田さんの自己主張。それでも字面を素直《すなお》に受け止めたのなら、フツメン的には割と同意できるものだった。しかも自身との交流を求めてとあらば、彼としては大手を振って迎え入れたいところ。

だが、そうした感慨は西野が日銭を稼いでいるお仕事を前提にしてのこと。学内で異性と知り合う千載一遇の機会は、同時に暗夜の礫《つぶて》をフツメンに予感させる。結果として奥田さんに対して、多少なりとも警戒する羽目となった。

もしや同業者か、云々《うんぬん》。

しかしながら、学内が安全であることはフランシスカの調査から判明している。ガブリエラの転校と合わせて確認を行っていた股臭オバサンだ。それでも竹内《たけうち》君のような例がある。念《ねん》の為《ため》に調査を頼もうと、西野は今後の方針を脳内でスケジュール。

一方、これを眺める生徒の間では、ああだこうだと雑感が交わされ始めた。

「西野のヤツ、奥田さんから仲間認定されてね？」「細目だから忘れそうになるけど、西野のオッドアイも大概だよ」「たまに眉毛が整うのも謎なんだよなぁ」「こうしてみると奥田さんの下位互換って感じ？」「西野の方が圧倒的にムカつくけどな」

外野のやり取りの通り、奥田《おくだ》さんから仲間認定を受けた西野《にしの》であった。

原因は昨日、朝のホームルーム前の出来事。

他者に臆することのない派手なオッドアイ。クラスメイトの前で堂々のフェイク通話。誰に対しても一貫してシニカル全開。どれも奥田さん的に大好物だった。まさか見て見ない振りはできなかった。

こいつなら自分の趣味に付き合ってくれるのではないか、みたいな。

そこで本日、彼女はここぞとばかりにフツメンの下を訪れた。

彼の注目が自身に向けられているのを確認して、奥田さんは左腕の手首に巻いた包帯をもう一方の手で撫《な》でる。袖に隠れて制服の下にまで延びたそれは、傍《はた》から眺めたのなら何針か縫ったのかと、勘ぐりたくなるような手厚い手当の証《あかし》。

先方の何気ないアクションを受けて、西野は素直《すなお》に気遣いの声を掛けた。

「その腕の包帯、昨日は見られなかったが大丈夫だろうか？」

「あぁ、これかい？　これは昨晩の仕事で色々とあったのだよ」

「仕事？」

「クライアントからの情報に不備があったおかげで少々、ね」

「…………」

家事やバイトの最中に怪我《けが》でもしたのだろう。

取り急ぎ、西野はそのように考えた。

昨晩は彼が住まうシェアハウスでも流血騒ぎがあった。慣れていない仕事を行ったのなら、そういうこともあるだろうと勝手に納得である。過去にも挑戦と失敗を連発していたガブリエラの存在に、説得力を覚えたフツメンである。

幼くして様々な国の言語を自在に使いこなし、数学や情報処理にまで長《た》けたガブちゃんは、その代償として生活能力が著しく低かった。シェアハウスで同居を開始して以来、なにかとローズや西野に世話を焼かれている。

「それは大変だったな。跡が残らないように祈っておこう」

「大丈夫さ。私の治癒能力を以《もっ》てすれば、数日もあれば傷口は塞がる」

「そうか、なら良かった」

どうやら軽症であったようだ。西野はそう判断した。

当然ながら、包帯の下は無傷である。

奥田さんとしては、肉が裂けて骨が見えるほどの怪我が、僅か数日で塞がる設定だ。理由もちゃんと考えている。まさか同じような設定を地で行く存在が、同学年に在籍しているとは夢にも思わない。

そして、過去には同じような会話をして、学友に引かれること幾十回。

彼女に話しかける生徒は、周囲から一人もいなくなった。

そんな体たらくであるから、一連のやり取りは奥田《おくだ》さんにとって魅力的なものだった。こんなにも話の通じる人物が、同じ学年に在籍していたのかと、フツメンの姿を見つめて喜びに胸を震わせる。

私は友人とこういう感じのコミュニケーションがしたかったのだと。

だからだろう、彼女は他者の目も憚《はばか》らずに素直《すなお》な気持ちを訴えていた。

「西野《にしの》君、私は君のことをもっと知るべきだと思う」

それは第三者からすれば、告白の一歩手前とも取れるアプローチ。

目をキラキラと輝かせて、自席に座ったフツメンを見つめている。

これには二年A組の面々も驚いた。

「奥田さん、もしかして西野に告った？」「いやいや、流石《さすが》に違うでしょ」「変わり者同士、意外とお似合いじゃね？」「俺氏、無性に悔しい気分」「それな」「黙ってれば割と可愛《かわい》いからね、奥田さん」「スタイルもいいんだよなぁ」

そして、これは西野も例外ではなかった。

出会って間もない異性から、それも同じ学校の女子生徒から求められるなど、過去に経験した覚えのない出来事である。松浦《まつうら》さんという例外はあるが、目の前の人物からは、彼女ほど露骨な感情は窺《うかが》えない。

しかも昨日に顔を合わせたばかり。

それも互いに目が合った程度で、会話を交わした覚えさえない。

先方の意図を掴《つか》みかねたフツメンは、その意思を測るように尋ねる。

「失礼だが、奥田さんとは昨日に顔を合わせたばかりだと思うが……」

「西野君、これは私の直感なのだが、君とは仲良くできる気がする」

「……なるほど」

やたらとグイグイとくる奥田さん。

どうやら友達になってくれるらしい。

フツメンはそのように理解した。

委員長の痴態を目撃した直後の彼であれば、他に気になる相手がいるだ何だと距離を取っていたことだろう。本日も二つ隣の席には志水《しみず》が見られる。彼女の視線を意識して、一方的に操を立てていたに違いない。

しかし、それが自らの勘違いであると早合点したフツメンは、奥田さんのお誘いに応えるも吝《やぶさ》かではなかった。声を掛けてきた相手はなんと、学校を同じくする同級生の女子生徒。それは西野が求めて止《や》まなかった青春そのもの。

恋人とまでは至らずとも、友人関係を結べたら御の字である。

些《いささ》か急な話ではあるが、青春に飢えた童貞野郎は素直に応じることにした。

「そちらの御眼鏡《おめがね》に叶《かな》うとは思えないが、自分でよければ付き合わせてもらいたい」

先方に合わせてシニカルを発揮したフツメンが、乙に澄ました態度で言う。

クラスメイト一同としては唾棄すべきゼロ点。

だが、奥田《おくだ》さん的には百点満点の回答だった。

相手の顔面偏差値が普通極まることに目を瞑《つぶ》ってでも、嬉《うれ》しくて仕方がない。何故《なぜ》ならばこうして話をしている相手は、学内で初めて出会った趣味を同じくする人物。少なくとも彼女はそのように考えていた。

学内での噂《うわさ》は気になるが、それは彼女自身も大差ないときたものだ。

西野《にしの》の返事に手応えを感じた奥田さんは、殊更に笑みを深くした。

一方で聞き耳を立てていた志水《しみず》としては、寝耳に水である。

「っ……」

間髪を容《い》れず、委員長の机がガタリと大きな音を立てた。

チラチラと横目で二人のやり取りを窺《うかが》っていたところ、奥田さんの予期せぬアプローチを受けて、咄嗟《とっさ》に身体《からだ》が反応を示していた。椅子の上、腰が動いたことで足先が机の足を叩《たた》いてしまった次第である。

傍《かたわ》らで彼女と話をしていたリサちゃんからも疑問が漏れた。

「委員長、さっきからチラチラ見てるよね。やっぱり気になってる？」

「き、気になるってほどじゃないけど……」

「私は悪くないと思うけどなぁ、西野君と奥田さん」

「…………」

リサちゃんの何気ない物言いに、委員長は上手《うま》い返事が浮かばない。こういう状況でこそ、憎き金髪ロリータの出番ではないかと、志水は教室内に視線を巡らせる。だが、本日はまだその姿が見られない。

そうした間にも奥田さんから矢継ぎ早にアクション。

彼女は懐から学生手帳を取り出し、メモ欄を千切る。続けざまに厳《いか》ついデザインの万年筆を取り出し、西野の机の上でペン先をサラサラと紙面に走らせた。まるで著名人が色紙にサインをするかのような、鮮やかな書きっぷりだ。

「西野君、これが私の連絡先だ」

スマホの機能を利用すればいいのに、わざわざ紙片を差し出して言う。

入学当初から一度はやってみたかった行為が、二年生の冬、ようやく叶《かな》った奥田さんだった。他にも色々と温めていたネタが楽しめるかもしれない。そのように考えると、彼女は口元に笑みが浮かぶのを抑えきれなかった。

すると西野も彼女に倣い、自らの手帳を千切って番号を書いた。

「こちらの番号だ」

「っ……」

与えられた番号に着歴を残すのではなく、わざわざ先方を真似《まね》てのお返事。やたらと手慣れているのは、過去にも仕事の上で、似たような行いを繰り返していたからである。事実、生徒手帳のメモ欄は既に何度か破いた跡があった。未《いま》だ友達との連絡先の交換に慣れていないが為《ため》、咄嗟《とっさ》に手が動いていたフツメンである。

二人のやり取りを眺めていた生徒たちとしては、鳥肌が浮かぶような交流。

しかし、これがまた奥田《おくだ》さんとしては感激である。

卓上に差し出された紙切れを手に取り、いそいそと懐にしまい込んだ。

目の前の人物は自分と同類に違いない。

そう確信を得た奥田さんは、更なる一歩を踏み出す。

「西野《にしの》君、本日の昼休みだけど、もしよければ二人の出会いを祝して……」

一緒にランチを食べないかい？

二年生に進級してからは、一年次の友人とも距離が生まれて、本日に至るまでぼっち飯を続けていた彼女である。しかし、それも昨日限り。これからは同じ趣味の友達と、存分に語らい合いながら食事を楽しめる。

そんな希望が彼女の胸の内で膨らんでいた。

しかし、直後には彼女の発言を遮るように外野から声が掛かった。

「あらぁ？　今日も昨日の子と楽しそうにしているじゃないの」

「そこに見えルは、つい昨日にも教室に訪レていたC組の生徒ですね」

出処《でどころ》は教室後方の出入り口付近、教室に入ってすぐのところ。

そこにローズとガブリエラの姿があった。

彼女たちはすぐさま、ツカツカと西野《にしの》の席まで歩み寄ってくる。

「え、あっ……ロ、ローズさんと、ガブリエラさん……」

学内カーストのトップ層に立つ人物から声を掛けられたことで、奥田《おくだ》さんの仰々しい物言いにストップがかかった。脳内設定を全面に押し出した言動は鳴りを潜めて、素の反応から声を上げてしまう。ですます口調。

彼女からすると上位カーストの女子生徒は、天敵以外の何者でもなかった。入学当初、他の生徒の前で中二病を弄《いじ》られた記憶が脳裏に蘇《よみがえ》る。頑固に染み付いた上下関係は、自然と彼女を縮こまらせた。

他方、なんら構った様子もなく二人と言葉を交わすのが西野である。

「大したことじゃない。わざわざ構ってくれるな」

「そうかしら？　クラスメイトも貴方《あなた》たちに注目しているようだけれど」

「以前言っていた気になっていル相手というのは、そちラの彼女のことですか？」

「そうなの？　だったら是非とも紹介して欲しいのだけれど」

ガブちゃんからフツメンに対して、遠慮のない質問が与えられた。

彼女が視線で指し示す先には、急に大人しくなった奥田さんの姿がある。

「えっ……」

彼女はドキッとした面持ちとなり、机越しに西野を見つめた。

見つめられた側としては、ちょっと勘弁して欲しい展開。

委員長という約束されていた彼女候補が失われた昨今、次なるターゲットとして奥田さんに目をつけた矢先の出来事であった。まさか彼も今このタイミングで告白をして、彼女に受け入れられるとは思わない。

ローズとしては内心、ガブリエラの発言に拍手喝采。

先制してフツメンの動向に一手を打つ形となった。

「そ、そうか、西野君は私のことが気になっているのかね？」

「その女の勝手な想像だ。奥田さんが気にすることはない」

ところで、奥田さんとしては満更でもない話題だった。

昨日には彼氏欲しさから二年A組を来訪。目当てのイケメンは見当違いな上、告白して来たのは顔面偏差値、学内カースト共に下層のワンチャン狙った男子生徒。恥をかいて自らの教室に逃げて帰る羽目となった。

一方で今彼女と話している人物はフツメン。

少なくともフツメン。

ブサメンではなく、フツメン。

しかも学内に在りながら、自身の趣味に真正面から付き合ってくれる人物。

入学当初からカースト下層を漂い、進級後はボッチ生活。修学旅行を担任と共にした奥《おく》田《だ》さんの自尊心はズタボロだった。そんな彼女だから、自己評価は当然ながら最低。出会いに求めるハードルも極めて低い。

イケメンは嬉《うれ》しい。

イケメンは最高。

だけど、フツメンでも十分ではなかろうか。

むしろ自分には、それでも贅沢《ぜいたく》ではないか。

そんなふうに考えるくらいには自己評価が低下していた。

なんだかんだで彼氏は欲しいし、年相応にエッチなことにも興味のある彼女は、こうして出会った西野《にしの》の存在が最後の希望に思えてならない。彼を逃したらもう二度と、自身に青春は訪れないのではないかと考えるほどには。

だからだろう、ローズやガブリエラの手前、それでも必死に自己主張。

「まあ、なんだ。と、友達から始めようではないか！」

西野という男子生徒の噂《うわさ》は、奥田さんも多少なりとも耳にしていた。だからこそ、どうしてローズやガブリエラが声を掛けて来たのかと疑問に思う。しかし、そうした事情を確認するには、朝のホームルーム前の時間は短いものだった。

時計の針が動くと共に、教室内に予鈴が鳴り響く。

各人、それぞれ疑念を抱いたまま、朝の時間はお開きとなった。

◇　◆　◇

同日の昼休み、奥田さんは二年A組を訪れた。

授業終了を知らせるチャイムと共に席を立っての移動。本人はクールを気取っているが、傍目《はため》には浮き立ってソワソワと。そして、彼女が想定していたとおり、目当ての教室には誰の姿もなく無人であった。

奥田さんの注目は、教室の壁に貼り付けられた時間割に向かう。

そこでは授業内容を問わず移動教室となる科目が、昼休み前の一コマに入り込んでいる。チャイムと共に授業が終わったとしても、移動先の教室から二年A組まで戻ってくるには数分ほどを要するだろう。

「…………」

これ幸いと彼女の歩みはフツメンの席に向かった。

そして、机の横に下げられていた鞄《かばん》の奥、目の届きにくい底板の下にチップ状の何かを入れ込む。手の平に収まるほどのそれは、家電量販店などでも普通に販売されている、紛失防止用のGPSタグであった。

そうこうしているうちに、パタパタと足音が聞こえ始める。

いくつも連なった人の歩く気配は、二年A組の生徒たちの戻りを予感させた。一人で他《よ》所《そ》のクラスに立っているのはバツが悪い。当初の目的を達成した彼女は現場を脱するべく、教室の出入り口に意識を向ける。

しかし、その危惧は少しばかり遅かった。

彼女が踵《きびす》を返すのと時を同じく、教室に生徒が戻ってくる。

「あれ？　教室に奥田《おくだ》さんがいるんだけど」「どうして奥田さんがいるの？」「もしかして、西野《にしの》のこと探してるとか？」「いくらなんでも必死過ぎるでしょ」「まさか、盗みに入ったとか言わないよね？」「流石《さすが》にそれはきついよぉ」

最初に戻ったのは数名から成る女子グループだった。

教室内に奥田さんの姿を見つけて、ああだこうだと言葉を交わし始める。リサちゃんの取り巻きがカースト上位であるなら、彼女たちはその下で分厚い層を形成する中間カーストの生徒たちだ。

それでも相手が奥田さんとあらば、陰口も表に出てきた。

本人にも聞こえるようにああだこうだと言い合う。

「奥田さん、最近ちょっと調子に乗ってない？」「男子に告白されたからって、勘違いしてるよね」「あんなの穴モテだって、少し考えれば分からないかな？」「っていうか、キモオタ連中にモテたって何の意味もないじゃん」

話題に上げられたのは、修学旅行中の告白騒動。奥田さんや松浦《まつうら》さんが、相手はどうあれ、多数の告白を受けていたのに対して、彼女たちはそこまでもなかった。その事実が面白くなかったようだ。

「ご、ごめん。勝手に教室に入っちゃって……」

一方で負け犬根性が染み付いた奥田さんは、早々にも頭を下げて謝罪。

これに気分を良くしたのか、女子生徒たちは彼女を眺めてやり取りを続ける。

「そうだ、奥田さん。久しぶりにアレやってよ、アレ」

「えっ……」

女子グループの一人がふと何かを思い出したように呟《つぶや》いた。

その周囲では何のことかと疑問が上がる。

「ねぇ、アレってなに？」「アレってもしかして、入学初日のアレ？」「自己紹介のタイミングで、奥田さんがはっちゃけたんだよね」「なにその不穏な感じ」「先生も含めて、全員ドン引きだったから」「それ以来、奥田さんの持ちネタって感じ？」

彼女たちの発言を耳にした途端、奥田さんの表情が強張《こわば》った。

アレが何を示しているのか、本人も把握しているようだ。過去にも同じようなやり取りが、両者の間で交わされていたことは想像に難くない。こうして強要されたことも、一度や二度ではないのだろう。

「奥田《おくだ》さん、ほら早く。皆も見たいってさ」

「で、でもっ……」

躊躇《ちゅうちょ》する奥田さんに対して、提案を示した女子グループの一人が続ける。

一年生の頃はお互いに同じクラスの生徒だったのだろう。

「嫌なの？　だったらアンタの昔の動画、ネットに上げちゃおうかな」

「っ……！」

ボソリと呟《つぶや》かれた、昔の動画、なる単語を耳にしたことで、奥田さんの表情が変化を見せた。頬がピクリと震えると共に口元が引《ひ》き攣《つ》る。彼女としては、あまり公にしたくはないもののようである。

しばらくすれば他の生徒たちが二年A組の教室に戻ってくる。

その只中《ただなか》、奥田さんは観念したように動き始めた。

無言のまますぐ近くにあった席へ向かう。

椅子を引いて、座面に腰を落ち着ける。

机の天板を見つめるように顔を伏せる。

奥田さんが座ってるの、西野《にしの》の席じゃない？　教室に戻ってきた生徒たちの間からは疑問の呟き。その声は廊下を歩いていたフツメンの耳にも届けられた。自身の名が話題に上げられたことで、自然と彼の歩みは早まる。

教室の出入り口、人垣の間から教室を覗《のぞ》き込んだ。

すると時を同じくして、彼の席に座った奥田さんに変化があった。

急にバァンと力強く机を両手で叩《たた》く。

そして、勢いよく顔を上げると共に、大きな声で吠《ほ》えた。

「伏せろっ！　この教室は敵に囲まれている！」

所在なげにしていた表情はどこへやら、キリリとした面持ちでの訴えだ。

その視線は今まさに移動教室から戻ってきた二年A組の生徒たちを見渡す。

誰もがビックリして彼女を見つめていた。

「そこのお前、ヘッドショットを狙われたいのか!?」

矢継ぎ早、席を立った奥田さんは、西野のデスクの片端でしゃがみ込んだ。

更にはスカートを大胆にも捲《まく》り上《あ》げて、その下から何かを取り出す。

モデルガンだ。

太ももに装着したホルスターに、モデルガンが収められていた。

これを慣れた手付きで抜き放ち、片手に構えてポージング。

「頭を低くして、廊下から逃げるんだ。いや、待て！　そちらにも敵の気配が感じられる。ここは私が対応しよう。なに、安心してくれて構わない、この手の騒動には多分に慣れがあるものでね」

静かな教室内、奥田《おくだ》さんの台詞《せりふ》はどれもよく響いた。

誰が聞いた訳でもないのに、彼女はニィと笑みを浮かべて語る。

「私の名は、終焉《しゅうえん》の訪れを告げし者。闇に生き、闇に死ぬ定めの人間だ」

声色を変えて発せられるハードボイルドな物言いは、まるで舞台劇のワンシーンを切り出してきたかのようだった。しかしながら、同所は昼休みの学校であり、彼女は同校に通う生徒に過ぎない。

続けられたのは、一連の行いを求めた女子グループからの突っ込みだった。

「ちょっと待ってよ、本当にやるとかマジ？」「普通にドン引きなんだけど」「いちいちヘッドショットとか具体的なのヤバいよね」「聞いてると背筋がゾクゾクするの困る」「っていうか、今もモデルガンなんて持ち歩いてるの？」

想定した以上に教室内で目立ってしまった奥田さんの寸劇。

教室内には上位カーストの生徒もちらほらと戻ってきている。その視線を気にしたのか、女子グループから与えられたのは、今しがたの出来事を奥田さんの自発的な発作として処理するべくのやり取り。

全力でアクションした彼女に対して、露骨にも身を引いてみせる。

「っ……」

入学初日のアレをやり終えた奥田さんは、顔を真っ赤にして硬直。恥ずかしいことをしたという認識はあるようだ。モデルガンを構えて、格好《かっこう》良いポーズでしゃがみ込んだまま、その場から動けなくなる。

他の生徒の間では、彼女の奇行を受けてヒソヒソと声が交わされ始めた。

「奥田さんの発作だけど、俺、やっぱり無理だわ」「ここのところご無沙汰だったから、ちょっと侮ってたな」「思い起こせば、これくらい普通だった気がする」「パンチラも相殺された感あるよ、今のは」「とか言ってお前、今晩のオカズにするつもりだろ？」「いやいや、しないから」「でも、黒のローライズは正直エロいよな」

「うちらの年齢でこれはヤバくない?」「モデルガンとかあり得ないでしょ」「普通にキモくない?」「妙に演技力があるの、まさか一人で練習してるとか？」「やたらといい声なの、なんかムカつくんだけど」「男子が見てる前でパンチラとか、不思議ちゃんの上に露出癖なんて終わってない？」

小道具を持ち歩いていた事実は、彼女の内で燻《くすぶ》る情動を皆々に予感させた。

自然と交わされる言葉も厳しいものとなる。

遠慮のないやり取りは、奥田さんの耳にも聞こえていた。

ポーズを決めた姿勢はそのままに、羞恥からプルプルと身体《からだ》を震わせる。

「…………」

居合わせた委員長としては、他人事《ひとごと》のように思えない出来事だった。

過去、同じようなものを同じような場所に装着した上、実際にアクション。似たようなことを一度と言わずに二度、三度と繰り返した覚えのある志水《しみず》だ。まるで自分の行いを晒《さら》されたようで、気恥ずかしさに襲われる羽目となった。

一方でなんら気にした様子がないのが松浦《まつうら》さんである。

「教室の入口が詰まってるんだけど、早く行ってくれない？」

さっさと昼食を食べ始めたい彼女から、教室の出入り口で足を止めた生徒たちに向けて声が上がった。教室内では腫れ物扱いの松浦さんであるから、生徒たちは関わり合いになることを恐れて、そそくさと道を空ける。

奥田《おくだ》さんはその隙を突いて腰を上げた。

モデルガンを握ったまま、教室の出入り口に向けて駆け出す。

「ぐ、偶然持ってただけだもぉぉぉぉぉおん！」

女子グループの傍《かたわ》らを過ぎて、廊下に向かい一直線。そのままB組、C組を過ぎて、どこへともなく去っていった。パタパタという足音は、すぐに遠退《とおの》いて聞こえなくなる。誰が止める暇もない、僅かな間の出来事であった。

他方、教室内の調和を守るべく、すぐさま行動に移ったのが竹内《たけうち》君。

「リサちゃん、ちょっと……」

だがしかし、本日は彼に先んじて動きを見せる生徒がいた。

その人物はイケメンよりも数瞬ばかり早く声を上げた。

「リサちゃん、悪いが少々いいだろうか」

「なにかな？　西野《にしの》君」

「彼女の扱いだが、どうにか頼めないものだろうか」

文化祭から間もないフツメンであれば、一笑に付されたことだろう。

どうして西野君が格好《かっこう》つけるの、云々《うんぬん》。

しかし、昨今の彼は学内において、馬鹿にならない政治力を備えていた。

ローズとガブリエラを味方に付けた上、竹内君からはライバル認定。リサちゃんや委員長とも交流がある。本人は依然として学内カーストも最下層を漂っているが、同時にトップ層へアプローチする手立てを備えていた。

「委員長との件、これで貸し借りを無しとしたい」

「貸し借りもなにも、私、振られちゃったんだけど？」

「ならば改めて、貸し一つとしてくれて構わない」

「まあ、別にいいんだけどね。流石《さすが》に今のは放っておけないし」

過去には委員長との関係を巡り、西野《にしの》に恋のキューピット役を頼んでいたリサちゃんだ。実りこそ得られなかったものの、その過程では色々とフツメンの世話になっていた。そうした経緯も手伝い、素直《すなお》に頷《うなず》いて応じた。

「そう言ってもらえると助かる」

「西野君、もしかして奥田《おくだ》さんのこと気になってる？」

「さて、どうだろうな」

「相変わらず、他人をイライラさせるの得意だよねぇ」

だとしても、苛立《いらだ》ちまでは無かったことにできない。

ニコニコと笑みを浮かべながらも、彼女の眉間にはシワがよった。二人の会話に聞き耳を立てていた志水《しみず》としては、心中穏やかでない。どうして奥田さんが二年A組を訪れていたのか。賢い委員長はその理由を正しく推測していた。彼女は間違いなく、フツメンを求めて足を運んだのだと。

奥田さんが西野に何を求めているのか。

手に取るように理解してしまった委員長だった。

何故《なぜ》ならば、彼女も同じだから。

これはもしかしたら、もしかしてしまうのではないかと危機感が募る。どうしよう、あの二人を放っておいたら、来週には普通に付き合い始めていそう、と。これまでにない焦りを覚えたところで、ふと志水の脳裏には一人の人物が浮かび上がった。

こういうときこそ、憎き金髪ロリータの出番ではないかと。

彼女が動いたのなら、二人の関係は始まることなく破局するだろう。

「…………」

しばしの検討の末、委員長は今しがたの出来事をローズにチクることを決めた。だって以前から、西野君のことで何かあったら、連絡を入れろって言われているし、云々《うんぬん》。罪悪感に苛《さいな》まれつつも、懐から端末を手に取りメッセージを発信。

以降、奥田さんが二年A組に戻ることはなく、同日の昼休みは終えられた。

〈依頼　三〉

その日の放課後、西野《にしの》は昨晩に引き続き六本木《ろっぽんぎ》のバーを訪れた。

明日にもう一度来て欲しい、というマーキスの指示に従ってのことだ。出入り口に閉店中の案内が下げられた店内に客の姿は見られない。バーテンと彼との間では、早々にも仕事のやり取りが交わされる。

「クライアントから確認が取れた。対象の宿泊先のリストだ」

カウンターの上、マーキスから一枚の紙面が差し出される。

そこには箇条書きで何件かのメモが為《な》されていた。

大半は都内に店舗を構えた高級ホテルの名前である。

「……数が多いな」

「対象がここ最近で宿泊していた施設の一覧だそうだ。いくつかは今も利用しているだろう、というのがクライアントからの説明になる。なんだったらこちらで人を向けて、ある程度まで絞っても構わない」

「悪いが頼めるか？」

「そう言われると考えて、既に人の手配を進めている」

西野自身としては至って普通のやり取り。しかし、それが瀟洒《しょうしゃ》な雰囲気の感じられるバーの店内、カウンターに片肘を突きながら、大仰にも足を組みつつの行いともなれば、傍目《はため》には存分にイキって感じられた。

しかし、同所には突っ込みを入れる人物もいない。

「アンタのところの取り分は、いつもより色を付けてくれて構わない」

「羽振りがいいじゃないか」

「不甲斐《ふがい》ない新人たちに、少しでも楽をさせてやりたくてな」

「あぁ、現場の人間にはそう伝えておこう」

ニィと笑みを浮かべる西野に対して、マーキスは同じように小さく笑みを浮かべて応えた。後者がアクション映画のイケメン男優に勝るとも劣らない一方で、前者は中学生のお遊戯会さながら。

そうして仕事の話が一段落した頃合いのこと。

カランコロンと乾いた音を響かせて店正面のドアが開かれた。

「やっぱりここにいたわね、西野君」

「二日連続で入り浸りですか？　若いうちからお酒に依存すると悲惨ですよ」

ローズとガブリエラの二人組だ。

彼女たちは店内にフツメンの姿を確認するや否や、閉店中の案内を物ともせずに入店。我先にとカウンターまで歩み寄った。そして、西野の左右の席に腰を落ち着けると共に、バーテンに向かい注文を口にする。

「外がとても寒かったから、身体《からだ》が温まるようなものが欲しいわ」

「私も温かいものが欲しいです。あと、甘いお菓子はありませんか？」

「アンタたち、まだ店は開けていないんだが……」

途端に塩《しょ》っぱい表情となったマーキスから苦言が漏れる。

だが、これに耳を貸す二人ではない。

彼女たちはバーテンの物言いに構わず西野《にしの》に向き直った。

「西野君、ちょっと聞きたいことがあるのだけれど、いいかしら？」

「わざわざこんな場所まで足を運ぶほどのことか？」

「そういう訳じゃないけれど、志水《しみず》さんから連絡があったのよね」

「委員長から連絡が？」

ここのところ気になっていた人物の名前が出てきたことで、自然と喰《く》い付いてしまったフツメン。これ幸いとローズは話を続ける。それは本日の休み時間、委員長からローズにもたらされた奥田《おくだ》さんの動向である。

「C組の奥田さんと、教室で騒々しくしていたと聞いたのだけれど」

「……彼女がどうした？」

西野の意識は完全にローズに向けられた。

委員長という約束された青春のパートナーが失われた今、フツメンにとっては希望の光と称しても過言ではない人物である。今はまだ出会ったばかりだけれど、これから交流を重ねていけば、などと考えていたりする。

連絡先の交換を先方から提案された、というのが彼としては大きかった。

「入学して間もない頃に、色々とやらかしているのは知っているかしら？」

「あぁ、そのような噂話《うわさばなし》を聞いたような気もする」

「こういうことはあまり言いたくないのだけれど、その関係で女子生徒の受けがよろしくないわ。もしも彼女にアプローチするようなら、学内の他の女子については諦めることになるかもしれないわね」

西野との距離が近づいた今、ローズにできる精一杯の牽制《けんせい》だった。

以前までの彼女であれば、すぐさま奥田さんに声を掛けていたかもしれない。裏工作から転校まで待ったなし。しかし、シェアハウスでの共同生活を存分に楽しんでしまっている彼女は、現時点でそこまでのリスクを取ることができなかった。

なんだかんだで、西野と共に過ごす日々が愛《いと》おしくて堪《たま》らないローズである。

「相変わラずまどロっこしいですね。いい加減、素直《すなお》になったラ……」

「貴方《あなた》は黙っていて頂戴」

お姉様の不甲斐《ふがい》ない姿を目にして、ガブちゃんからは突っ込みが入った。

一方でフツメンは平然と受け答え。

「奥田《おくだ》さんの件については、既にこちらで手を打っている」

「あら、そうなの？」

同日の昼休み中にも、リサちゃんに根回しを済ませた西野《にしの》である。

ローズとしては手痛い反応だった。

そうして言われてしまうと、これ以上は上手《うま》い警告も浮かばない。

彼女が続く言葉に悩んでいるうちに、先方からは感謝が伝えられた。

「わざわざ伝えに来てくれたことには感謝したい」

「別にお礼をされるほどのことじゃないわ」

「ところでアンタたち、これから時間は空いているか？」

「あら、もしかしてディナーのお誘いだったりするのかしら？」

「嫌か？　ならば無理にとは言わないが」

感謝したいというフツメンの発言意図は、決して嘘《うそ》ではないようだ。

しかし、それにしても滅多《めった》ではないフツメンの反応。

ローズを相手に率先して食事に誘うような真似《まね》、過去にどれだけあっただろう。どういう風の吹き回しかしら、とは誘われた本人も疑問に思わざるを得ない。一瞬、修学旅行の最中に出会った偽西野の存在を思い起こしたくらいだ。

「貴方《あなた》からそんなふうに誘ってもらえるなんて、珍しいこともあるものだわ」

「過去の経緯はさておいて、最近のアンタの行いは自身も好意的に感じている」

「っ……！」

ただ、それはそれ、これはこれ。

嬉《うれ》しいものは嬉しい彼女だった。

自分から尋ねておきながら、にへらと頬が緩みそうになる。こんなことなら隣の子は撒《ま》いてから来るべきだったわね、などと、お誘いの場に居合わせてしまったお邪魔虫にチラリと視線を向ける。

「でしたラお姉様は放っておいて、私と二人で行きましょう、西野五郷《ごきょう》」

「待ちなさい。そ、そういうことだったら、付き合ってあげてもいいわよ？」

まさか置いていかれては堪《たま》らない。

ローズはすぐさま椅子から立ち上がり、ディナーの誘いに応じた。

「お店は押さえていないのよね？　混み始める前に出発しましょう」

「今日はお寿司《すし》な気分です。晩ご飯はお寿司などいかがでしょうか？」

「どうして貴方の気分を優先しなくてはいけないのよ」

「その辺りはタクシーを探しつつ考えるとしよう」

「ええ、たまにはそういうのもいいと思うわ」

バーを訪れたのも早々、いそいそと席を立つ面々。

賑《にぎ》やかにし始めた西野《にしの》たちを眺めて、マーキスは視線を手元に向けた。

「…………」

そこにはローズとガブリエラに促されるがまま、今まさに支度を行っていた温かい飲み物と甘いお菓子がある。店のマスターとしては、文句の一つでも入れたいところだ。しかし、結果として店内に居座られても、それはそれで困ってしまう。

そこで彼は何を語ることもなく、店を出ていく三人を静かに見送った。

◇◆◇

西野たちがマーキスのバーで賑やかにしている同時刻。

寒空の下、その姿を追い求める人物がいた。

二年C組の不思議ちゃんこと、奥田《おくだ》さんである。

場所は六本木《ろっぽんぎ》。駅構内から路上に出た彼女は、手にした端末をチラチラと眺めつつ、忙《せわ》しなく足を動かしていた。画面には地図アプリが表示されており、中程では真っ赤なピンがゆっくりと移動を続けている。

「どうして六本木なんだろ。まさか壊れてたりしないよね……」

ピンが示しているのは、西野の鞄《かばん》に仕込んだGPSタグだった。

その位置情報を追いかけて、奥田さんは頭を悩ませている。

「西野君、お金持ち？　いやでも、うちの学校は普通の公立だし」

秘密裏にタグを仕込み、フツメンの自宅を特定。

君の住まいは既に調査済みさ、とかなんとか、学校でのコミュニケーションのネタにしようと思い描いていた奥田さんである。そういうのが楽しいのだと、常日頃からモデルガンを持ち歩く彼女は、本心から信じて止《や》まない。

松浦《まつうら》さん曰《いわ》く、行動力が振り切れてしまった彼女だ。

きっと西野君も楽しんでくれるに違いないと、心底から考えている。

「あっ……」

しばらくすると、地図上のピンがある一点で止まった。

彼女は駆け足でアイコンが指し示す場所に向かう。

辿《たど》り着《つ》いたのは六本木の繁華街、その外れに位置する雑居ビルであった。各フロアには飲食店やらなにやら店舗が入っている。どう考えても住居とは思えない。しかし、繰り返し確認してもピンの位置には変化がなかった。

「バイト先だったりするのかな」

雑居ビルに入った店舗を上から下まで眺めて、彼女はボソリと呟《つぶや》く。

最後に意識が向かったのは地下に続く階段だ。

階下にはオーセンティックな雰囲気が漂うバーの軒先が窺《うかが》える。

「…………」

奥田《おくだ》さん的に考えて、かなりいい感じのバーだった。

より具体的に称するなら、放課後にふらりと訪れて、お店のマスター兼アングラ業界の顔役と、お酒を片手にトークをしたくなるようなバーだった。ダークなお仕事の契約を交わしたり、アレなブツをやり取りしたりと、趣味の妄想が頭の中を埋め尽くす。

そして、幸か不幸か店先には、営業時間外を示す案内が出ていた。

好奇心旺盛な彼女は、今後のごっこ遊びの参考とするべく一歩を踏み出す。

緊張した面持ちで地下フロアに続く階段を下る。

店先には出入り口となるドアの傍《かたわ》ら、小さな窓が設けられていた。正面には閉店中を示す案内が下げられている一方で、フロア内には明かりが灯《とも》っている。また、僅かながら内側からは人の気配が感じられた。

もののついでに内部の様子を窺わんとする奥田さん。

すると視界に入ったのは、彼女が追いかけていた人物であった。

「えっ、どうして西野《にしの》君……」

カウンターに掛けて、大仰にも足を組んだフツメンの姿が目に入る。

また、彼のすぐ隣にはローズとガブリエラの姿も見られた。

更にはカウンターの向こう側に立った大柄な黒人男性が、彼らの会話の相手を務めている。その厳《いか》つい風貌を目の当たりにしては、存分にイキった西野の佇《たたず》まいに対して、奥田さんも危機感を抱いてしまったほど。

直後にはフロア内から、ガタリと椅子を引く音が聞こえてきた。

奥田さんは大慌てで現場を脱出。

地上に続く階段を一息に登りきり、バーから距離を取った。

ここでバレたら、せっかくの尾行が台無しである。

雑居ビルが面していた通りから離れて、奥まった路地に飛び込む。先方の位置情報はGPSタグで押さえている為《ため》、目視で行き先を確認する必要はない。そのように判断した彼女は、身を隠すことを優先した。

彼女の姿が軒先から完全に隠れたところで、バーから西野たちが姿を見せた。

ドアに取り付けられた鐘が、カランコロンと乾いた音を響かせる。

店外に一歩を踏み出したところで、ふとフツメンの歩みが止まった。

「どうしたの？　西野君。急に立ち止まったりして」

「……いや、気のせいか」

「忘レ物でもしましたか？」

「気にしなくていい。気の早い客でもいたのだろう」

けれど、それも束《つか》の間《ま》のこと。彼はローズやガブリエラと共に、交通量の多い通りに進路を取った。そして、路上を流していたタクシーを拾い、どこへともなく去っていく。他に人通りも多い界隈《かいわい》、そういうこともあるだろうと。

奥田《おくだ》さんがもう少し近い場所から彼らを見張っていたら、或《あ》るいは尾行に気づかれていたかもしれない。しかしながら、今回はその限りではなかった。通りを挟んで建物の反対側に隠れた彼女の存在は、見事に雑踏に紛れていた。

「やっぱり、西野《にしの》君だ……」

三人がバーから出てきた姿を、自身の目で見て確認することは叶《かな》わない。

だが、奥田さんは手にした端末越しに、彼らの動きを確認していた。

地図アプリの上、静止していたピン状のアイコンが再び動き始める。

当初は徒歩かと思われたそれは、数分ほどで急に勢いを増して、奥田さんから遠ざかっていく。地図に従ったのなら、近くにバス停や駅は見られない。しばらく考えたところで、彼女は三人の足に思い至った。

「えっ、まさかタクシー？」

直後にはふと、学内で耳にした噂話《うわさばなし》が思い起こされる。

そういえば前に女子の間で、ローズさんやガブリエラさんが普段から高そうなブランド品を持ち歩いているって噂になっていたような、とかなんとか。彼女たちこそ、お金持ちの家の子なのかもしれない、とはすぐに想像された。

そうして検討を重ねた結果、奥田さんは判断を下した。

ローズさんとガブリエラさんも、私や西野君と同類に違いないと。

知り合いのバーに赴いて、一緒に趣味を楽しむような間柄なのだと。

「…………」

少々変わった嗜好《しこう》を備えてはいるが、それでも奥田さんは義務教育を終えて久しい女子高生である。物事の分別はついている。まさか同級生が本当に、雰囲気のいいバーで酒を嗜《たしな》みながら、ダークな仕事の話をしているとは思わない。

代わりに彼女のメンタルを刺激したのは、フツメンのみならず、ローズやガブリエラに対する親近感である。自身がやりたかったことを躊躇《ちゅうちょ》なく実践している同級生に、奥田さんは強烈な憧れと、一方的な友情を抱くことになった。

「西野君たち、めっちゃいいじゃん……」

自身の見る目は間違っていなかったと、傍迷惑《はためいわく》な確信を覚える。

同好の士を三人も発見した奥田さんは狂喜乱舞。

ニマニマと笑みを浮かべながら、地図上の動くアイコンを見つめる。

しかし、流石《さすが》の彼女も行き先を確認せずにタクシーを捕まえるような真似《まね》は憚《はばか》られた。

少ないお小遣いと必死になって稼いだバイト代をやりくりして、モデルガンやGPSタグといったグッズを揃《そろ》えているのだ。

そこで本日のところは撤収。

夜中に改めてピンの位置を確認すれば、自宅の場所は把握できるだろう。

そのように考えて、奥田《おくだ》さんは気分良く六本木《ろっぽんぎ》を後にした。

◇◆◇

翌日、登校から間もない西野《にしの》の下を奥田さんが訪れた。

フツメンが朝の挨拶運動を終えて、自席に腰を落ち着けた直後の出来事である。まるで彼が通学してくるのを見計らっていたかのように、二年A組の教室に姿を現した彼女は、一直線に彼の席までやってきた。

「やあ、西野君。身に染みるような寒さに心地良さを覚える朝だね」

「おはよう、奥田さん。自分に何か用だろうか？」

一時間目の支度をしていた西野は、手を止めて正面に向き直る。

そこには机の縁にスカートが接するほどの間隔で奥田さんが立っていた。本人は平然を装っているが、興奮を隠しきれない彼女は、鼻の穴をピスピスとさせている。昨晩にはフツメンの住まい、シェアハウスの住所まで特定した奥田さんだ。

ネット上の地図サービスを利用して、家の外見まで確認している。

彼女の中では既に、目の前の彼とはマブダチ認定待ったなしであった。

「今日も君と共に朝日を拝めたことを神に感謝したい」

片手を胸元に掲げて、フッと小さく笑みを浮かべつつのご挨拶。

壇上でポーズを決めた舞台俳優さながらだ。

居合わせた生徒たちからは早々にも、うわぁ、という眼差《まなざ》しが向かう。

これに対してフツメンは、とても素直《すなお》に先方の発言を受け止めた。

「奥田さんは何か、信仰している教えがあるのだろうか？」

彼が付き合いのある人物には、熱心な宗教家も多かった。

今後の交友を思えば、不用意に地雷を踏まない為《ため》にも、事前の確認は重要であるとの判断である。たとえばデートに誘ったディナーの席、口にできないものがあるようなら今のうちに把握しておきたい、などと考えている童貞だ。

するとと、待っていましたとばかりに奥田さん。

「こう見えて私は敬虔《けいけん》なクリスチャンなのだよ」

完全に口から出任せである。

クリスマスをケーキとチキンで祝う一方、正月には寺や神社へ参拝に向かうし、盆には墓参りに行く。奥田《おくだ》家はこの国では極々ありふれた一般的な家庭だった。ただ、敬虔《けいけん》なクリスチャンという響きが、彼女としては気持ちが良かった。

一生に一度は言ってみたい台詞《せりふ》リストが、西野《にしの》相手にまた一つ消化された。対してフツメンは、これまた素直《すなお》に奥田さんの発言を受け止めて問答を続ける。

「差し支えなければ、教派を伺ってもいいだろうか？」

「えっ……あ、プ、プロテスタントさ！　正統派なのだよ」

「そうか」

咄嗟《とっさ》、歴史の教科書で眺めたワードを取り出して乗り切った。

カトリック勢が耳にしたら眉を顰《ひそ》めそうな物言いである。

直後にはフツメンに対して対抗心が湧いてきた。

流石《さすが》は西野君、やるじゃないか、とかなんとか。

「奥田さん、前に近所の神社でお参りしてなかった？」「初詣のときだよね」「着物までばっちり着てたのに一人だったらしいじゃん」「中学の頃、夜の教会に入り込んだとかで警察沙汰になってた」「奥田さんの行動力、ちょっとヤバくない？」

二人の会話を眺める生徒たちの間では、ヒソヒソと言葉が交わされ始めた。

これに構うことなく、勢いづいた奥田さんはフツメンとの会話を続行。

昨日にも目撃した光景を思い起こして、いざ一歩を踏み出した。

「ところで西野君、君に一つ尋ねたいことがある」

「なんだ？」

「ローズさんやガブリエラさんとは、どういった仲なんだい？」

何気ない奥田さんの物言い。

だが、これには生徒たちから如実に注目が集まった。

つい先々月ほどから、何かと二年Ａ組に姿を現す機会が増えた隣のクラスの綺麗所《きれいどころ》。相手がフツメンとあっては素直に尋ねることも憚《はばか》られて、本日まで延々と触れることなく過ごしてきたクラスメイト一同だ。

事情を理解しているのは、委員長や竹内《たけうち》君といった一部の生徒のみ。

「奥田さん、あの二人がどうかしただろうか？」

「もしよかったら私も、君たちの輪に入れてもらえないかと思ってね」

これまたよく分からない物言いに生徒たちの注目が集まる。

そもそもそこに輪など存在しているのかと。

「…………」

彼女の発言を受けてフツメンは一考を見せた。

奥田さんの背後関係を巡っては、昨日にもフランシスカに電話で確認を入れた西野である。結果は白。過去に行われた調査から、どこにでもいる普通の女子学生だと伝えられた。

当然ながら、彼やローズ、ガブリエラの身の上など知る余地もない。

他方、聞き耳を立てていた委員長としては、気が気でないやり取りだ。

奥田《おくだ》さん、まさか西野《にしの》君の仕事のこととか知っているのかも、などと勘ぐり始める。今まさにフツメンが否定した可能性を巡り、ただでさえ目減りした勉強時間を費やして、あれこれと頭を悩ませる羽目となる。

これは竹内《たけうち》君も同様。マジかよ、と肝を冷やし始めた。

そうこうしていると、話題に上がった人物が教室に顔を見せる。

「あら、奥田さんと言ったかしら？　また今朝もA組に来ているのね」

「まさかとは思いますが、そちラの男に興味を持ったのですか？」

ローズとガブリエラである。

二人は教室内に西野の姿を見つけて、真っ直《まっす》ぐに席まで歩み寄った。

席正面に立った奥田さんのすぐ隣に並ぶ形である。

先んじて声を掛けられたことで、彼女は二人に向けて言った。

「興味を持ったのは君たちも同じさ。私を仲間に迎え入れてくれないか？」

昨日とは打って変わって、奥田さんは二人に平然と語りかけた。

学内カースト上位の女子生徒を相手に気後れしていた弱々しい姿は、本日は微塵《みじん》も感じられなかった。むしろ、その瞳をキラキラと輝かせつつ、羨望の眼差《まなざ》しをローズとガブリエラに向けている。

自身のお仲間とあらば、そこに躊躇《ちゅうちょ》は無用の奥田さんだった。

なんなら太ももに括《くく》り付《つ》けたモデルガンを自慢したくて仕方がない。

「私たちとお友達になりたい、ということかしら？」

「彼女に立候補してもいいのだがね」

フツメンさながらの軽口も自然と飛び出す。

一方でローズにしてみれば、もし仮に奥田さんが西野を狙っているとしたら、その動向を把握することは最重要と称しても過言ではないミッション。先方が自ら近寄ってきたとあらば、これを拒否する理由はなかった。

「悪いけれど、そっちの趣味はないの。お友達で我慢してもらえないかしら？」

「そういうことであレば、まずは連絡先を交換しましょうか」

ガブちゃんもお姉様の判断に倣うことにした。

西野の見ている前で、奥田さんは二人と連絡先を交換し合う。

そのやり取りを日の当たりにして、二年A組の面々には動揺が走った。どうして奥田さんがローズさんやガブリエラちゃんと仲良くしているのかと。何故《なぜ》ならば二人は、嫌な顔ひとつせずに連絡先を交換している。

女子生徒一同からすれば、下剋上《げこくじょう》以外の何物でもない光景だった。

男子生徒の目から見ても奇異に映る。

けれど、当の二人は先方の言動を気にした様子がない。

奥田《おくだ》さんとしては、ローズとガブリエラが西野《にしの》とどういった関係にあるのか、正しく見極める必要があった。万が一にも彼氏と彼女の関係にあったのなら、下手に突っ込んではせっかく見つけた居場所が失われてしまう。

その程度のことは不思議ちゃんでも分別がついた。

この機会に彼女たちの腹の中を探る腹づもりであった。

そして、思い立ったら即行動が奥田さんの長所にして短所である。

連絡先を交換し終えたところで、彼女は二人に向かい問いかけた。

「ところで失礼だが、二人は西野君のことが好きなのかね？」

容赦のないどストレート。

中二病を拗《こじ》らせたがゆえの歯《は》に衣着《きぬき》せぬ物言い。

これにはローズも内心驚いた。生徒たちのみならず本人の面前、堂々と尋ねてくるとは思わない。まさか素直《すなお》に頷《うなず》く訳にはいかない彼女は、以前にもフツメンに語った通りの言葉を答える羽目となる。

「嫌いじゃないわよ？　今の生活はとても気に入っているわ」

「私は好きですよ。けレど、彼は他所《よそ》の女に興味があルそうです」

翻ってどこまでも自由なのがガブちゃんだ。

フツメンに対して当て付けのように、自らの思いを口にした。

彼女たちの反応を耳にして、教室では各所から疑問の声が上がる。

「えっ、マジ？」「ガブちゃん今なんて言った？」「友達としてって意味じゃないの？」

「だとしても、それはそれでヤバいじゃん」「ローズさんの発言も割と気になるんだけど」

「ここ最近、お昼休みにどこか行くのガチだったわけ？」

いずれにせよ二年A組の面々としては驚きの発言だった。

朝のホームルーム前や休み時間など、ローズとガブリエラが西野の下を訪れていることは彼らも把握していた。前者が手にお弁当を下げていたことも目にしている。しかし、二人からフツメンに好意が向けられているとは考えない。

ローズが西野に対してアプローチを始めたのは、この秋になってからのこと。それまでは接点も皆無。外野からしたら、あまりにも急な変化だった。だったらまだ、西野が彼女たちの弱みを握っていいようにしている、などと考えた方が納得がいく。

「思い起こせば、ガブリエラ君は昨日もそんなことを言っていたね」

「西野五郷《ごきょう》、どうなのですか？　そちラの彼女も気になっていルようですよ」

奥田さんと一緒になって、ガブちゃんはフツメンに詰め寄る。

教室で異性に囲まれて恋バナ。

大変青春っぽい出来事は、本来であれば喜んで然《しか》るべきのフツメン。

しかしながら、興味のある他所《よそ》の女から、西野《にしの》君はないわ、などと耳にしたのが修学旅行の最終日。つい先日のこと。それを昨日から気になり始めた相手、奥田《おくだ》さんに向けて語るのは、あまりにも恥ずかしい話だった。

「人前で話すようなことじゃない。またの機会にな」

逃げに走った西野は、手を止めていた一時間目の支度を再開する。

勿体《もったい》ぶった言動がこれまた苛立《いらだ》たしい。

クラスメイト一同、西野が気になっている相手なんて知りたくはない、とは思いつつも、ローズやガブリエラの存在も手伝い、聞き耳を立ててしまっていた。またの機会とやらを想像してしまい、殊更にむかつきが募っていく。

二つ隣の席からはチラリチラリと、志水《しみず》からも視線が与えられる。

「まさかとは思うけど、西野がモテてる？」「いやいや、二人が気を遣ってくれてるだけでしょ」「あの二人、澄ましているようで意外と優しいもんな」「告白して玉砕した連中も、なんか満ち足りた表情してたし」

学内に轟《とどろ》いたフツメンの悪評は、未《いま》だに確かなものとして生徒のみならず、教師の間でも共有されている。うちいくつかは嘘《うそ》だと言い切れない事実混じり。そうした背景も手伝い、彼らの会話を素直《すなお》に受け止めた生徒は一部に限られそうだった。

けれど、事実として西野《にしの》の周囲にはローズとガブリエラ、奥田《おくだ》さんの姿がある。

その光景を眺めて、男子生徒の一人がボソリと呟《つぶや》いた。

「だけどなんか西野のヤツ、リア充っぽくね？」

近くにいた数名の男子は、その発言に自然と反発心が湧いた。

否応《いやおう》なく反論を口にしたくなる。

しかし、咄嗟《とっさ》に上手《うま》い言葉が出てこない。

何故《なぜ》ならば彼らが見つめる先、自席に腰を落ち着けたまま女子生徒に囲まれたフツメンの姿は、如実にリアルの充実が感じられるものだった。同じポジションに立ったことのある男子生徒が、この教室には何人いるだろうか、と。

そうこうしているうちに朝のホームルームを知らせる予鈴が鳴り響く。

ガブちゃんからの問いかけも有耶無耶《うやむや》に、生徒たちは自席へ戻っていった。

◇　◆　◇

同日の昼休み、西野の端末にマーキスから連絡が入った。

屋上でローズ手製のお弁当に舌鼓を打っていた時分のことである。昨晩にも頼みを入れた仕事に進捗が見られたと、電話越しに報告が為《な》された。ターゲットの居場所について、ある程度の目星がついたとのことだった。

『急《せ》かすようで悪いが、着手はいつ頃になりそうだ？』

「せっかくアンタのところが急いでくれたんだ、今晩にでも当たろう」

『分かった、そのように頼みたい』

「あぁ、それではな」

ほんの数十秒のやり取りで、西野は通話を終えた。

端末を懐にしまうフツメン。

その姿を眺めて、すかさず奥田さんから声が掛かった。

「仕事の連絡かい？　西野君」

「あぁ、そんなところだ」

西野は平然を装い受け答えをする。

奥田さんの背後関係は確認が取れているので、妙な勘ぐりをすることもない。バイト先との連絡か何かと勘違いしたのだろうと、適当なところで彼女の発言を咀嚼《そしゃく》。つい先月に経験していた、メイド喫茶での就労体験が影響していた。

「実を言うと私も、今晩は一つ大きな仕事が入っていてね」

「それは奇遇なことだ」

「私以外には難易度の高い仕事が一件、入り込んでしまったんだ」

「奥田《おくだ》さんは職場の人たちから頼りにされているのだな」

「頼られて悪い気はしないが、後続が育たないのはもどかしい」

「それはまた、どこかで聞いたような話だ」

これまではローズやガブリエラの二人と共にしていたランチタイム。そちらに本日は奥田さんも同席している。昼休みが始まるや否や、お弁当を片手に駆け足で二年A組までやってきた彼女である。

ローズとしては邪魔者以外の何者でもない。

しかし、西野《にしの》が彼女を誘ってしまった手前、同席を許していた。

ちなみに奥田さんの本日のランチは、栄養補助スナックとゼリー飲料。デザートはカプセル状のビタミン剤。普段であれば母親が用意した手作りのお弁当を食べているところ、西野とのランチを前提に趣味全開の献立で挑んでいた。

つい先程にも手元のスクールバッグから、やたらと気取った態度で取り出された品々だ。普段からこの手の食品で済ませることが多くてね、などと嘘八百《うそ》を語りつつ、これ見よがしに口へ運んでいた。

バッグの持ち手には、厳《いか》ついデザインの逆十字のキーホルダーがキラリと光る。

「奥田さんはいつも夜まで働いているのだろうか？」

「仕事によりけり、といったところか」

「生活のリズムが不規則なのは大変だろう」

「こればかりは仕方がない。精々怪我《けが》をしないように頑張るとするさ」

西野が丁寧に受け答えするおかげで、語る奥田さんはノリノリだ。これこれ、こういうのがやりたかったんだよ、と。そうして言葉を交わす相手が、まさか正真正銘のアウトローとは思わない。

一方、事前に委員長から奥田さんの不思議ちゃんっぷりを聞いていたローズは、取り立てて慌てることもない。多弁な奥田さんと西野のやり取りに割って入り、自らの取り分、フツメンとの会話をしっかりと確保していく。

「西野君、この竜田揚げはどうかしら？　自信作なのだけれど」

「そういうことなら一つ頂こうか」

「お姉様、お味噌汁《みそしる》のおかわりを下さい。具を多めでお願いします」

「そこのボトルに入っているから、自分で勝手に注ぎなさい」

「あぁっ！　上澄みの汁だけ出てきてしまいました。味噌が入っていません」

「ちゃんと振りなさいよ。貴方《あなた》、前にも同じことをしていたじゃないの」

「寒空の下、温かいスープを求める気持ちに急《せ》かされて、つい失念しておりました」

「すまない、自分もスープのおかわりをもらっていいだろうか？」

「カップを貸しなさい。注いであげるから」

「お姉様、私のときと露骨に態度を変えルのはどうかと思います」

「今更なにを言っているの。貴方《あなた》だって同じようなことをしているじゃないの」

奥田《おくだ》さんの面前、これまでと変わりなくやり取りされる会話。

屋上の一角にはシートが敷かれて、その上にはローズ手製のお弁当が所狭しと並べられている。これを皆々で囲んでのランチタイム。フツメンも普段どおり振る舞い、彼女たちと食事を共にしていた。

「ところで、いい加減に場所を変えませんか？　日差しがあっても寒いです」

「騒々しいのは好きじゃないのだけれど、他にいい場所があるかしら？」

「個人的には今のような形式にこだわるつもりはないのだが……」

しばらくすると、西野《にしの》たちに先んじて奥田さんが食事を終えた。

簡素なメニューであったが為《ため》、早々にも完食。

けれど、育ち盛りの彼女としては、如何《いかん》せん量が足りていない。しかも趣味を優先した結果、どれも甘いものばかりとあって、塩《しょ》っぱいものが食べたくて仕方がない。その眼差《まなざ》しは自然と、ローズ手製の弁当に向かった。

ずらりと並べられた重箱には、手の込んだ美味《おい》しそうな料理が、おせち料理さながらに詰め込まれている。魔法瓶から紙コップに注がれて、ゆらゆらと暖かな湯気を上げるお味《み》噌汁《そしる》も、具沢山でとても美味しそうだ。

「お姉様が作ってきたお弁当が気になルのですか？」

「い、いや、別に……」

ガブリエラから指摘を受けて、奥田さんは大慌てで視線を逸《そ》らした。

西野があまりにも平然と、ローズ手製の弁当を食べているものだから、ブロック栄養剤とゼリー飲料で攻勢を仕掛けた奥田さんは肩透かし。こんなことなら普通にお弁当を用意してもらえばよかったと後悔していた。

「お腹《なか》が減っていルのであれば、勝手に摘《つま》んでも構いませんよ」

「どうして貴方が偉そうにするのよ」

「その分だけ、本日は私が食を控えルことにしましょう」

「いつも好き放題しているのに、どういう風の吹き回しかしら？」

「最近、体重に顕著な増加が見ラレていルのです。良くない兆候です」

「成長期だろう？　アンタくらいの年頃なら増えない方がおかしい」

ローズとしては、甚だ不服な提案だった。

奥田さんが西野を意識していることは、彼女も既に確信を覚えていた。できることなら、すぐにでも排除してしまいたい。しかし、フツメンの手前とあって、この場で素直《すなお》に受け答えすることは憚《はばか》られた。

致し方なし、奥田さんに向き直ったローズは譲歩の姿勢を見せる。

「そんなふうに物欲しそうな顔をされると、隣で食事をしていて気分が良くないわ。お腹《なか》が空《す》いているのなら、勝手に摘《つま》んで頂戴。箸や取り皿は余分に用意しているから、気にせず使ってくれて構わないわ」

「あ、ありがとう。ローズさん」

差し出された箸と紙皿を手に取り、奥田《おくだ》さんは重箱に手を伸ばした。

塩っ気に飢えていた口内が、竜田揚げの風味に満たされる。

彼女の顔にぺか〜っと幸せそうな笑みが浮かぶ。

ローズ手製のお弁当はとても美味《おい》しかった。

「個人的には、そちラにある筑前煮《ちくぜんに》がオススメです」

「……これのこと？」

「ソレです。野菜の出汁《だし》が利いた皮付き大きめの鶏肉《とりにく》が神がかっています」

「本当だ、めちゃくちゃ美味しい。お肉がパサパサしてないの凄《すご》いよ！」

「ちょっと貴方《あなた》たち、鶏肉ばかり漁《あさ》るのは止《や》めてもらえないかしら」

嬉々《きき》として筑前煮をぱくつき始めた奥田さん。

デザートに控えていたビタミン剤の存在は、もはや意識から消えていた。

〈依頼　四〉

その日の放課後、西野《にしの》はマーキスと約束した通り、お仕事に取り掛かった。帰りのホームルームを終えるとすぐに学校を出発。電車を乗り継いでターゲットの居場所に足を運ぶ。現場は都内に所在する高級ホテル。昨晩にも先方の出入りする姿が確認されたとのことだった。

施設が収まっているのは、都心でも指折りの高層ビルである。すぐ近くに乗降人員の多いターミナル駅がある為《ため》、近隣では人の行き来も多い。その中には制服姿の学生もチラホラと見受けられる。これに紛れてフツメンは目当てとするビルに向かっていった。

建物には正面から入り込む。

出入り口にはガードマンが立っていたが、止められることはなかった。まずはトイレの個室に向かい、そこで学校の制服を脱いで、自宅から持ち込んでいた私服に着替えを済ませた。そして、何食わぬ顔で再びフロアに戻る。

ロビーに面した一角には、カフェが店を構えていた。これ幸いとフツメンはそちらに向かい、ホテルへの動線を確認できる位置に席を取る。コーヒーの傍《かたわ》ら教科書やノートを卓上に並べれば、傍目《はため》には勉学に励む学生にしか見えない。

筆箱から取り出したペンを片手に、彼は建物を出入りする者たちを見張る。

施設内にはホテルの他にオフィスや飲食店が多数入っている。日が落ちてからはビジネスマンの帰宅時間が重なったことで、出入りする人が増えた。行き交う人たちの喧騒《けんそう》が段々と活気を増してくる。

カフェに腰を落ち着けた西野《にしの》は、その光景を淡々と窺《うかが》う。

そうして二、三時間ほどを同所で過ごした頃おいのことである。

彼の見つめる先で、ふと気になる人物が現れた。

背の高いスラリとした体格の白人男性だ。値の張りそうなスーツを着ており、その上からロングコートを羽織っている。頭には中折ハットを被《かぶ》っており、更にコートの襟で口元を隠している。目元には夜にもかかわらずサングラスを着用。

身につけた衣類により、首から上の半分くらいが隠れている。

しかし、その風貌はマーキスから提示を受けた人物に似て感じられた。

フロアを行き交う女性の幾らかは、男の整った顔立ちを目の当たりにして、チラチラと繰り返し視線を向けていた。そうした周囲の注目から逃げるように、男は足早でフロアを歩いていく。

その足は一度として立ち止まることがない。

向かう先にはホテルの各施設に通じるエレベータ。

これを目撃したことで、フツメンも確認に向かうことにした。

テーブルに広げていた教科書やノートを鞄《かばん》に放り込む。グラスやお盆を手早く返却口に返して、カフェを後にする。先方とは十分に距離を取り、エレベータホールに立った姿を離れたところから通行人を装いつつ窺う。

カゴに乗り込んだのは男一人だった。

乗場位置表示器を確認して行き先の階数を特定。

先方を乗せたエレベータが停止したのは、ホテルのフロント階であった。

「…………」

男の乗降を把握したところで、西野もまたエレベータに乗り込む。

カゴは途中で停止することなく、一直線に目的の階層に到着した。

フロアに降り立ったフツメンは手早く周囲を見渡す。すると目当ての人物は、フロント前に立ってレセプショニストとやり取りをしていた。ただし、それも束《つか》の間《ま》のこと。すぐに客室へ通じるエレベータに向かう。

どうやらホテルの利用客で間違いなさそうだ。

そのように判断して、西野は今しがたと同様に先方の足取りを確認。

カゴはフロント階より上層に設けられた客室フロアの内一つに止まった。

フツメンもこれを追いかけて、すぐさまエレベータに乗り込む。すると彼が乗り込んだ直後、フロアに居合わせたお客が駆け足で向かい来る姿が見えた。大きなトランクケースを後ろ手にガラガラと転がした中年女性である。

すかさず閉扉ボタンを押した西野《にしの》だが、ドアが閉まり切るギリギリのタイミングで、女性により乗場ボタンが押されてしまう。あと数センチといったところ、エレベータは再び乗客を受け入れるべくドアを開く。

「ちょっと貴方《あなた》、少しくらい待ってくれてもいいじゃないの」

「……申し訳ない」

「そんなことじゃ、碌《ろく》な大人になれないわよ？」

「…………」

女性はプリプリと怒りながら、操作盤から目的階のボタンを押下する。

それは西野が既に押した階よりも下にあった。

当然ながら先に止まるのは、後からやって来たお客の指定したフロアである。

これを経由してから、フツメンは目当てとする階に到着した。

エレベータホールに降り立った西野は、左右に延びた廊下に意識を巡らせる。しかし、これより先に人の気配は感じられない。そこで彼は次なる手を打つべく、フロアの案内図に従い、番号が若い客室に向けて一歩を踏み出した。

直後の出来事である。

パァンパァンと甲高い音が立て続けに聞こえてきた。

「…………」

幾分か遠く感じられる銃声は、同じフロアから発せられたとは思えなかった。

案内図に向き直った彼は、非常階段の位置を確認すると共に駆け出す。

廊下の一角に設けられた鉄扉を越えると、従業員用と思《おぼ》しき階段が姿を現した。絨毯《じゅうたん》と壁紙で彩られたエリアとは一変して、かなり無骨な作りをしている。上下に延びた先から、他者の足音が響いてくることはない。

上に向かうべきか、下に向かうべきか。

僅かばかり検討の末、フツメンは階段を上に登った。

そうして訪れた一つ上のフロアでのこと、廊下の先から喧騒《けんそう》が聞こえてくる。

「一人撃たれました！　至急、救急の手配をお願いします！」

「エレベータで下に行った、他のフロアから応援を頼む！」

西野は状況を確認するべく、声の聞こえてきた方向に足を向けた。

廊下の角を一つ過ぎると、そこにはスーツ姿の男性が三人、エレベータ前のホールに見られた。内一人は太ももを撃たれたようで、夥《おびただ》しい量の血液が絨毯を真っ赤に染めていた。苦悶《くもん》の表情で傷口を押さえながら、床に身を横たえている。

残る二人は手にした端末で、他所《よそ》と連絡を取っていた。

エレベータの乗場位置表示器を確認すると、カゴはフロント階で止まっている。

「ここは危ない、部屋に戻って大人しくしていなさい！」

無事である二人のうち一人が、西野《にしの》に向かい大きな声で言った。

これに対してフツメンは淡々と呟《つぶや》く。

「あぁ、おたくらも動いていたのか」

「何を言っているんだ、いいから部屋に戻りなさい」

先方の物言いに構わず、フツメンはエレベータ前に足を進める。

そして、下りのボタンを押下。

するとフロント階で止まっていたのとは別に、カゴが降りてきた。

「おい、何をしている！　我々は警察だぞ!?」

「理解しているとも。だからこそ、こちらは指揮系統のコンフリクトに困惑を隠し得ない。それとも現場が勝手に動いているのか？　どのレベルで判断が下ったのかは知らないが、上司は後で大目玉だろうな」

「な、何を言っているんだ、この子供はっ……！」

したり顔で語るフツメンの姿に、警察官の頭は一瞬で沸騰した。

憤る警察の面前、西野は降りてきたカゴに乗り込む。

そして、内側から閉扉ボタンを押下する。

やたらと苛立《いらだ》たしいガキンチョの登場に、無事であった二人の警察うち一人がドアに手を伸ばす。しかし、その足は一歩を踏み出した直後、何もないところで滑り、絨毯《じゅうたん》の上で身を転がす羽目となった。

西野の不思議パワーは的確に相手の足元を捉えていた。

本人はどうして足が滑ったのかと、目を白黒させるばかり。

そうした男の面前、ドアは閉まりカゴは階下に向かい降りていく。

幸いにして内にはフツメン以外、誰の姿も見られない。

今度は途中で停止することもなく、目的のフロアまで一息に到着した。

つい先程にも経由したホテルのフロント階だ。

「…………」

西野は手早く周囲の様子を確認する。

するとフロアに居合わせたお客の多くは、目に見えて怯《おび》えていた。ソファーや柱の陰などに身を隠している者の姿も見受けられる。ただ、肝心の人物、彼のターゲットとなる男の姿は確認できなかった。

「……逃げ足の早いことだ」

緊張しているお客たちの只中《ただなか》、エレベータ前からロビーに足を進める。

すると数歩ばかり進んだところで、彼は床に落ちている鞄《かばん》に気づいた。

これが西野《にしの》の通っている学校の指定とよく似ている。

同じようなデザインのスクールバッグは世の中にいくらでもある。騒動を受けて誰かの手を離れてしまったのだろう。そのように考えたフツメンの意識は、すぐに鞄《かばん》から離れて他所《よそ》へ移らんとする。

しかし、持ち手に取り付けられていたキーホルダーを確認したところで、彼の目は見開かれた。細い細いと評判の目元が如実に開かれて、再び鞄を凝視する。何故《なぜ》ならば彼は、そのデザインに見覚えがあった。

「まさか……」

鞄の下に歩み寄り、これを手に取る。

逆十字をモチーフにしたそれは、非常に物々しいデザインの金属製。

鞄に付けられたキーホルダーは、奥田《おくだ》さんが愛用しているものと同一だった。

「お兄ちゃん、まさか連れ去られた子の知り合いか？」

「っ……」

居合わせたお客の一人から声を掛けられた。

すぐ近くのソファーに身を隠していた中年男性である。ジャケットにチノパン、上から厚手のコートを羽織っている。傍《かたわ》らには大きな旅行鞄が目についた。ホテルの宿泊客であることは間違いなさそうだ。

「すまない、この鞄の持ち主を知っているのだろうか？」

「女子高生だよ。銃を持った男に連れ去られて外にいっちまった」

男性はエントランスに通じるエレベータを視線で指し示して言った。

こうなっては西野も心中穏やかではいられない。

どうして奥田さんがこのような場所にいたのか。更には自身のターゲットに拐《さら》われる羽目となったのか。色々と疑問は尽きないフツメンである。けれど、今は頭を悩ませている余裕はなかった。

奥田さんの鞄を手にしたままフロアを駆け出す。

西野は大急ぎでエントランスに通じるエレベータに向かった。

◇◆◇

その日の放課後、奥田さんはＧＰＳタグを利用して西野を追っていた。

帰りのホームルームを終えるや否や、担任の先生に呼び止められて、色々とお手伝いを頼まれることしばらく。ようやく解放されたところで二年Ａ組を訪れるも、当然ながら意中の相手は不在。

そこで確認した地図アプリ、フツメンの鞄に仕込んだタグの所在を示すアイコンは、彼の自宅であるシェアハウスとは程遠い場所にあった。すぐ近くには都内有数の乗降客数を誇るターミナル駅。都心でもかなり賑《にぎ》やかなところ。

そこで彼女は偶然を装い、フツメンに接触することにした。

あわよくばそのまま放課後デートに持ち込もうという算段である。そして、改めてローズやガブリエラとの関係を確認の上、恋人同士でないのなら、近いうちに私から告ってみようかな、などと胸をときめかせつつの移動。

「…………」

だがしかし、彼女の心の高まりは足を動かすにつれて鳴りを潜めていく。

代わりに鎌首を擡《もた》げたのは疑問である。

何故《なぜ》ならば彼女が確認する地図アプリの上、西野《にしの》の所在を示すアイコンは、オフィスや高級ホテルなどが入った高層ビルで停止していた。いざ現場となる施設に足を踏み入れたことで、気圧《けお》される羽目となった奥田《おくだ》さんである。

施設内には飲食店も多数見られるが、利用者の多くはビジネスマンである。日が暮れてから高校生が訪れるには、些《いささ》かアダルトな界隈《かいわい》だ。それでも僅かに可能性があるとすれば、上層階で営業しているホテルくらい、といった感じだった。

今も彼女の目の前をスーツ姿の大人たちが忙《せわ》しなく行き来している。

「なかなかレベルが高いことをしているじゃないかい」

もしも居合わせたのが松浦《まつうら》さんであったのなら、西野君、もしかしてオバサン相手にママ活しちゃってる？　などと下ネタを呟《つぶや》いたかもしれない。しかし、奥田さんの脳内では即座、ホテルのロビーやラウンジで学校の宿題をキメる同級生の姿が想像された。

その光景は当たらずとも遠からず。

「やっぱり最高だよ、西野君。これはもう合流するしかないでしょ」

そこで彼女もこの機会に、高級ホテルを体験してみることにした。

これは絶対にいい経験になると、信じて止《や》まない奥田さんである。

ビル内にあるホテルのエントランスから専用エレベータに乗り込み、フロントが設けられたフロアに向かう。建物の正面ホールも立派なものであったが、ホテルのロビーはそれ以上に豪華絢爛《ごうかけんらん》なものだった。

エレベータを降りた彼女は、これに感心しつつ足を進める。

フロア内は各所にお高そうなソファーや調度品が並んでいる。壁際には大きなガラス窓が設けられており、地上数十階から都内を一望することができた。眼下に広がった夜景はそれは綺麗《きれい》なものである。

「………………」

ここ、週イチで通っちゃおうかな、などと考え始めた奥田さん。

客室が連なるフロアならいざしらず、ロビーやラウンジであれば宿泊客以外にも人気《ひとけ》は多い。制服姿こそ目立ちつつも、奥田《おくだ》さんに声が掛かることはなかった。これをいいことにあっちへ行ったりこっちへ行ったり、ホテル内を見て回る。

ひとしきり堪能したところで、彼女は当初の目的を思い出した。

フロアの一角に立ち、スカートのポケットから端末を手に取る。西野《にしの》の所在を探るべく、地図アプリを起動してGPSタグの位置を確認する。少なくとも彼女の目が届く範囲には、その姿が見られなかったから。

これと時を同じくしての出来事であった。

フロアにパァンと大きな音が鳴り響いたのだ。

「っ……！」

咄嗟《とっさ》に顔を向けると、ロビーの一角に拳銃を手にした男が立っていた。

かなり背格好《かっこう》のいい白人男性である。

顔立ちもイケメン。

それが彼女のいる側に向かい、ズンズンと近づいてくる。

居合わせたお客たちは誰もが男に注目していた。一見しては映画の撮影か何かかと、勘ぐってしまいそうになる光景だ。銃器の所持が一般的ではないお国柄も手伝い、誰もがひと目見て硬直。

「えっ……」

奥田さんは相手と目が合うのを感じた。

それは決して勘違いではなかった。

驚愕《きょうがく》から身を強張《こわば》らせた彼女の下へ、先方はすぐにやって来た。

ほんの数秒ほどの出来事である。

逃げ出そうとした彼女は、すぐさま駆け足で接近する男に捕まった。

後ろからギュッと腕を掴《つか》まれてしまう。

「大人しくしろ！　でなければ、撃つ！」

「それって本気ですかっ!?　あの、私、まだ本物は心の準備が……」

それでも奥田さんは咄嗟に動きを見せた。

手にした端末を手早く操作。西野の鞄《かばん》に放り込んだのとは別に用意していたGPSタグを地図アプリの上に表示させる。そして、画面のロックを無効化の上、肩から下げていたスクールバッグに放り込んだ。

自らの身体《からだ》を壁にして、相手の視線から手元を隠すことも忘れない。

お小遣いでGPSタグを購入して以来、こうした状況を妄想して一人遊びを重ねていた奥田さんである。まさか本当に役に立ってしまうとは思わない。委員長の金的スキルと合わせて、それもこれもフツメンのせいである。

「グズグズするな、大人しく来い！」

「痛っ……も、もう少し優しくして欲しいのだがっ!?」

素と演技が混じり合って変な感じになってしまった奥田《おくだ》さんのお返事。

先方はこれに構わず、彼女をグイグイと引っ張っていった。

抵抗したら撃たれるかも、という恐怖も手伝い、彼女は素直《すなお》についていく。代わりに手にしたバッグを床に落とした。傍目《はため》には男に腕を引かれたが為《ため》、意図せず落としてしまったかのように映った。

それはフロアの目立つ場所にポトリと落ちて、段々と彼女から遠ざかる。

「西野《にしの》君、し、信じてるから……」

奥田さんの口から咄嗟《とっさ》に出てきた呟《つぶや》き。

それは最近になって気になり始めた同級生の名前だった。

◇　◆　◇

フロント階でエレベータに乗り込んだ西野は、地下の駐車場に向かった。

まさか人質を抱えたまま、徒歩でホテルを脱するとは考えない。この手の状況に備えて車の一台くらいは用意しているに違いないとの判断だ。場合によっては仲間が控えている可能性もあるだろうと。

四方をコンクリートで囲まれた駐車スペースには、ズラリと自動車が並んでいる。大半は海外メーカーの高級車。その只中《ただなか》を駆け足で外に向かい進む。しかし、駐車場内で車に動きは見られない。排気音もこれといって響いてこない。

出入り口まで足を運ぶも、それらしい自動車は見つけられなかった。

選択を誤ったのか、タイミングが悪かったのか。

答え合わせをすることも儘《まま》ならない状況だった。

「……逃したか」

致し方なし、西野《にしの》はマーキスに協力を仰ぐことを決める。

ズボンのポケットに収まった端末に手が向かう。

その過程でふと、彼の意識は奥田《おくだ》さんのスクールバッグに向いた。

今も彼の手に下げられている。

開きっぱなしであった口から、明かりが漏れているのに気づいたのだ。

「…………」

申し訳ないと思いつつも、フツメンは中身を確認することにした。

すると明かりは端末のディスプレイから放たれていた。

本来ならすぐにでも消灯しているべきそれは、一向に消える気配がない。

また、画面に映し出されているのは地図アプリだった。

画面にはピン状のアイコンが打たれており、これが刻一刻と移動していた。それも周囲に映し出されているのは、騒動があったホテルの近所である。アイコンはこちらから遠ざかるように、道路を移動していた。

「……奥田さん、やるじゃないか」

一瞥《いちべつ》して状況を察したフツメンは、小さく呟《つぶや》いた。

学校でも普段から、太ももにモデルガンを括《くく》り付《つ》けているような生徒である。防犯用にGPSタグの一つや二つ、日常的に持ち歩いていても不思議ではないだろう。そのように考えた西野は、奥田さんを素直《すなお》に信じることを決めた。

端末を片手に地下駐車場を出口に向かい駆ける。

本来であれば歩行者は出入り禁止のところ、出入り口を固めていた警備員の制止の声を無視して路上に出る。そして、地図アプリ上でアイコンが示す側に向かい、ホテルに面した道路を走り出した。

その気になれば空も飛べるフツメン。

しかし、界隈《かいわい》には人目も多く、素直に力を行使することは憚《はばか》られた。

一方でアイコンの移動する速度は、まず間違いなく自動車のもの。ここ最近はブレイクダンスの練習のおかげで、体力と持久力が付きつつある西野だが、これに人の足で追いつくことは至難の業に思われた。

そうして少しばかり駆けたところ、路肩に停車したバイクを発見。

国内メーカー製造の大型スポーツである。

エンジンは掛かったままだ。

持ち主はシートから降りて傍《かたわ》らで端末を弄《いじ》っている。

道に迷ったのか、急な連絡が入ったのか。いずれともしれないが運転手は端末に集中しており、バイクには意識が向けられていない。フルフェイスのヘルメットを着用しており、視線は手元に向けられている。鍵は車体に差し込まれたまま。

これ幸いとフツメンはその下に向かった。

奥田《おくだ》さんのスクールバッグを背負い、飛び乗るようにシートへ腰を落ち着ける。地図アプリを表示している端末は、ハンドルの辺りに設置されていたホルダーに固定した。幸いサイズ的な問題はなかった。

「ちょっ、お前なんだよっ⁉」

西野《にしの》のアクションを受けて、バイクの持ち主が反応を見せた。

ハンドルを握ったフツメンに向けて腕を伸ばす。

これに構わず、西野はサイドスタンドを外してギアを一速へ。

そして、短く語ると共にスロットルを回した。

「悪いが少し借りる」

「待てよ！　おっ、俺のバイクゥウウウウゥッ！」

持ち主の悲痛な叫びを振り切って、エンジンを唸《うな》らせたバイクは急発進。

前輪を軽く浮かしつつ、自動車の流れる車道に入り込んだ。

下手をしたら中学生ともとれる子供が、ノーヘルで暴走気味のバイクに跨《また》がり急加速。周囲を行き交う車は大慌てで距離を取るよう動き始めた。その間を抜けるように、フツメンはギアを上げてバイクを加速させていく。

車体はあっという間に制限速度を超えた。

信号無視もなんのその。

自動車の間を猛スピードですり抜けていく。

周囲からはクラクションの嵐。

そうこうしている間にも、ターゲットの行き先に変化が見られた。下道を移動していた先方が首都高速道路に進路を取った。地図上に表示されたアイコンが、これまで以上の速度でフツメンから離れていく。

当然ながら西野もこれに続いた。

ジャンクションを越えたことで、行き交う自動車の流れが早くなる。

これ幸いとアクセルを回した彼は、ギアを上限までシフトチェンジして車体を加速させた。追い越し車線を飛ばしているスポーツカーが、下道を制限速度で走る自動車のように感じられるほど。当然ながら速度違反である。

右へ左へと車線変更を繰り返しながら、まだ見ぬ誘拐犯を追いかける。

途中で何台かの自動車やバイクが彼に触発されたのか、その後ろを追いかけるように急加速をして走り始めた。しかし、その誰もがフツメンの運転するバイクを捉えることなく、そのまま引き離されていった。

地図アプリの上で、アイコンとの距離が瞬く間に縮まっていく。

やがて、行く先に一台のセダンが見えてきた。

海外メーカーのフラグシップモデルである。

先方もかなりの速度で路上を走行していた。

これに西野《にしの》の運転しているバイクが、助手席側に並走する形で並んだ。

直後にはフロントドアの窓が下がって、奥田《おくだ》さんが顔を見せた。

「に、西野君っ!?」

「奥田さん、どうか安心して欲しい。すぐに助ける」

「どうして、あの、バ、バイクとか運転しちゃってっ……」

走行風の影響から、互いに声が届いているかどうかも怪しい状況だ。

奥田さん的にはビックリである。

同級生がやたらと厳《いか》ついバイクに跨《またが》り、凄《すご》い勢いで追いかけてきたのだ。前屈姿勢でハンドルを握り、頭髪や衣服を風で激しく揺らしている。一瞬、妄想と現実が混じり合ってしまったのではないかと、自らの頭を疑ったくらい。

もしも相手が竹内《たけうち》君であれば、そういうこともあるかもしれないと、素直《すなお》に受け入れられたかもしれない光景。けれど、相手の顔面偏差値があまりにも普通であるから、まるではめ込み画像でも眺めているかのように、現実感が湧いてこない。

直後には彼女の身体《からだ》越し、運転席から西野に向かい銃弾が放たれた。

パァンパァンという甲高い音を受けて、身を強張《こわば》らせる奥田さん。

銃弾は的確に西野の頭部を捉えていた。

対してはフツメンの不思議パワーが発動。本来であれば正面で受け止めることもできたそれを、後方へ流すように進路変更させた。立て続けに引き金が絞られるも、一発として彼を捉えることはない。

バイクに跨った彼は、銃弾の回避を演出するかのようにアクセルワーク。車体を巧みに前後させてそれらしく軌道を取ってみせる。繰り返し放たれる銃弾を物ともせず、ノールで果敢にも首都高速バトルを繰り広げるフツメン。

やがて、何発か銃弾が放たれたところで、助手席の窓が閉まっていく。

「に、西野君っ！」

「大丈夫だ、奥田さんは絶対に助かる。ただ待っているだけでいい」

奥田《おくだ》さんは必死に手元のスイッチを操作するも、窓はすぐに閉じてしまった。

そうかと思えば、先方の車両は西野《にしの》が跨《またが》ったバイクに対して幅寄せ。

事前に危惧していたフツメンは、車体を後方に下げてこれを回避。

その気になれば、相手の自動車を不思議パワーで持ち上げて、静止させることもできる西野である。しかし、車内では奥田さんが人質に取られている。また、かなりの速度で走行している為《ため》、下手に手を出しては大きな事故に発展しかねない。

しかも現場では、多数の自動車が行き交っている。ドライブレコーダーを搭載している車両も多いことだろう。各所には監視カメラの類いも多く設置されており、人目にも事欠かない。この場で大々的に力を振るうことは憚《はばか》られた。

さてどうしたものか、ハンドルを握りながら西野は今後の対応を検討。

結果、アクション映画のカーチェイスさながらの光景が展開され始めた。

どうにかして追手を払おうとする先方と、これに喰《く》らいついた西野。首都高速道路を舞台に、激しい攻防が起こった。道路を走っている他の車両の間をすり抜けるように走りつつ、互いに煽《あお》り煽られの繰り返し。

居合わせた他の利用者としては堪《たま》ったものじゃない。

しばらくすると、行く先にパーキングエリアを示す案内が見えてきた。

「少々強引だが仕方あるまい」

これを確認したことで、西野に動きが見られた。

不思議パワーを駆使することで、走行中の自動車のタイヤを、パーキングエリアへの進入路に向けて固定する。ハンドルを握った運転手からは繰り返し反発が見られたが、相手の操作に構わず進路を脇に逸《そ》らしていく。

車内では窓ガラス越しに、運転手の慌てる様子が目に入った。

レーンを完全に移動すると、フツメンは車両を数ミリほど浮かせてコントロールを奪取。タイヤはアクセル操作に応じて空回りを繰り返す。運転手からすれば、自動車が急に故障したとしか思えない反応。

やがて、パーキングエリアに入ったタイミングで車体を停車させる。

タイヤを抑え込んでしまえば、以降はうんともすんとも言わない。

エリア内には他に一台、商用バンが停《と》められていた。運転手はトイレにでも立っているのか、車内や近隣には彼ら以外に人の姿は見られない。フツメンはこれ幸いと同所での対応を決めた。

自動車の傍《かたわ》らにバイクを停めて、奥田さんが収まった助手席に急ぐ。

時を同じくして、先方にも動きがあった。

男が奥田さんを人質にして車内から出てきた。

西野が向かった助手席とは反対側。センターコンソールを越えて、運転席から引きずり出されるようにして外に出た彼女は、頭部に銃口が突きつけられている。

「子供？　ちょっと待てよ、どうして子供がこんなことに……」

運転手は私服姿の西野《にしの》を目の当たりにして、驚愕《きょうがく》から目を見開いた。

どこからどう見ても未成年。

なんなら中学生と間違われてもおかしくない風貌。

プロ顔負けの走行技術で自身を追いかけていた人物が、まさか子供とは思わなかったようだ。それも圧倒的なまでにフツメン。もし仮に居合わせたのが竹内《たけうち》君であったのなら、多少は見られただろうシーンも、西野が相手では違和感が先行する。

他方、フツメンも自動車から出てきた人物を確認して驚いた。

「替え玉を用意しているとは、随分と準備のいいことだ」

その顔立ちはマーキスから確認した人物と、些《いささ》か作りが異なっていた。

白人男性には違いない。背格好《かっこう》も事前に聞いていたのと同じくらい。しかし、こうして車上から姿を現した人物は、写真に写っていた彼のターゲットと比較して、幾分か顔立ちが凡庸であった。

取り分け目元に違いが見て取れる。

サングラスを取ったことで、それが明らかとなった。

「っ……！」

替え玉なるワードを耳にしたことで、先方には目に見えて反応があった。

なにやら事情を把握しているらしい子供を相手に、男は頰を強張《こわば》らせる。

「動くな、この娘がどうなってもいいのか？」

「空っぽの銃で何ができる？」

「どうして分かる？　まだ残っているかもしれないだろう」

停車した自動車の傍《かたわ》ら、男は奥田《おくだ》さんの首周りを左腕で拘束。

右腕で銃を構えて、その頭部に銃口を突きつけている。

これと自動車のボンネット越しに向き合っているのが、現在の西野のポジション。彼は先方の物言いを受けて、それでも二人に向かい一歩を踏み出した。わざわざズボンのポッケに両手を突っ込むことも忘れない。

「おい、動くなっ！」

男は吠《ほ》えるように言うと、奥田さんに向けていた銃口を西野に改めた。

しかし、フツメンはまるで構った素振りが見られない。

一歩、また一歩と、勿体《もったい》ぶった足取りで二人に近づいていく。

「何を慌てている？　弾はまだ残っているんだろう？」

「っ……」

これがまた憎たらしい光景である。

したり顔で語ってみせる西野《にしの》に、男は苛立《いらだ》ちからトリガーを引き絞りそうになった。それをギリギリのところで我慢しつつ、周囲の様子を窺《うかが》う。何故《なぜ》か言うことを聞かない逃走用の自動車、その代わりになるものはないかと。

直後にも意識が向かったのは、西野が乗ってきたバイクである。

キーは刺さったまま。

進行方向に障害物もなし。

奪って逃走するには申し分ない。

そうして今後の算段に意識を巡らせていた男の面前、自動車のフロントを迂回《うかい》したフツメンが二人の正面までやって来た。互いに腕を伸ばしたのなら、指先が触れ合うほどの距離である。

そこで歩みを止めた西野は、銃を構えた男に対してドヤ顔で言った。

「P226の装弾数は九ミリで十五発。違うか？」

ニィと口元に笑みを浮かべての指摘は、それはとても腹立たしいものだった。

類いまれなる憤怒を感じて、男は指に力が入りトリガーを引いてしまう。

甚だ不本意ながら、カチンと乾いた音が響いた。

フツメンの言葉通り、銃口から弾丸が発射されることはない。

「運転中にマガジンを入れ替えている素振りも見られなかったからな」

「こ、このっ……」

過去に経験したことのない苛立ちから、男の額には青筋が浮かび上がる。

現場に委員長が居合わせたのなら、修学旅行中にも企画された西野調教プロジェクトを再び提案せざるを得ないイキリ具合。奥田《おくだ》さんの視線も手伝い、普段にも増してドヤドヤしてしまった童貞野郎である。

ただし、奥田さん的にはこれ以上ない演出であった。

「………」

え、なにこれ、格好《かっこう》いい。とかなんとか。

男に首根っこを押さえられつつも、キラキラとした眼差《まなざ》しを西野に向ける。

彼女からすれば、自分も一度は経験したいと願って止《や》まないシチュエーション。それが見事炸裂《さくれつ》の上、答え合わせまでしてしまった。彼女の中では西野の株がストップ高。それまで感じていた恐怖すら忘れて、同級生のことを見つめてしまう。

銃口を前に平然と佇《たたず》む、ズボンのポッケに両手を突っ込んだフツメンが格好いい。

「子供に何ができる！」

対して手の内を明かされた男は、すぐさま次なる行動に移った。

バイクに人質は乗せられない。

彼は奥田さんをフツメンに向けて突き飛ばす。

「うぉぉあっ！」

予期せず背中を押された彼女は、すぐさま西野《にしの》に抱き留められた。

口から漏れた声は、奥田《おくだ》さん的に素からの反応。

そうして両手が塞がった西野の顔面に向かい、固く握られた男の拳が迫る。

バイクの運転技術こそ優れていても、腕っぷしで負けることはあるまい。わざわざ銃を構えることはなかったのだと、男は自らの自尊心を満たすべく、容赦のないストレートを相手の顔面に向けて打《う》ち放《はな》つ。

鼻血ブーして泣いてしまえと、次の瞬間にも想像された光景に意識を高ぶらせる。

しかし、渾身《こんしん》の一撃は大した成果を得られなかった。

ガツンという衝撃と共に、プニッとした頬の感触が男の拳に伝わる。

殴られた本人は僅かに首が動いた程度で、鼻血ブーどころか、身体《からだ》さえ碌《ろく》に揺れることはなかった。ただでさえ細い目元が更に細められた眼差《まなざ》しは、拳を受け止めた姿勢のままジッと男のことを見つめる。

やたらとよろしい頬肉の触れ心地は、若々しい十代の張りと艶《つや》が賜物《たまもの》。

不思議パワーで勢いを受け止めた上、頬に拳を軟着させた西野だ。奥田さんの手前、下手に超常現象めいた反応は見せられないと、色々と考えた末の対応である。結果としてヤンキー漫画さながら、非常にオラ付いた構図が生まれてしまった。

「なっ……」

相手からすれば、真正面からストレートを受け止められた形。

驚きから声を漏らしつつ、男は大慌てで身を引く。

今の絶対に吹っ飛ぶと思ったのに、と言わんばかりの面持ちである。

応じて髭《ひげ》も生えていないプニプニほっぺがプルルンした。

これには奥田さんもビックリである。西野の胸に抱かれた姿勢のまま、見上げた先には殴られて形を変えた頬があった。それでも彼女を抱きとめた身体は、なんら揺らぐことはなかった。それどころか直後には、腕の方がいきおいよく引き下がったのである。

「どうした？　子供を相手に不甲斐《ふがい》ない」

「くそ、なんだこの気持ちが悪いのはっ！」

あまりにも気味が悪いフツメンの在り方。

触れた拳まで汚れた気分。

腕を引っ込めた男は、それこそ夜道で不審者にでも遭遇したかのように、早々彼らから踵《きびす》を返した。西野の背後にあったバイクは諦めたようだ。代わりに新たな人質を手に入れるべく、パーキングエリア内のコンビニ施設に向かい駆け出す。

施設内にはバンの運転手と思《おぼ》しき男性の姿が見られる。

遠目に西野たちのやり取りを眺めていた。

そうこうしていると、緊急車両のサイレンが近づいてくる。

高速道路の本線から立て続けに数台、パトカーが進入してきた。

それらは駆け出した男の行く手を遮るように停車。直後には車内から飛び出した警察官たちが、男の周りを囲うように展開した。先方の風貌は既に周知がなされているようで、一連の動きには躊躇《ちゅうちょ》が見られなかった。

止まれ、大人しくしろ、といった牽制《けんせい》の声と共に、片手では数え切れない数の銃口が、男に対して突きつけられる。路上で繰り返された発砲を受けて、駆けつけた警察官もかなりピリピリとしていた。

「畜生、とんだ貧乏くじだ……」

男は忌々しげに呟《つぶや》くと、足を止めて両手を頭上に上げた。

どうやら逃げることを諦めたようである。

次の瞬間には背後から近づいた警察官に身柄を拘束される。手にした拳銃を押収された男は、地面に押し倒されるや否や、すぐさま手錠がはめられた。数人がかりで押さえつけられては、もはや身動きも儘《まま》ならない。

そのままパトカーに押し込まれて、何処《どこ》へともなく連れ去られていった。

◇◆◇

誘拐犯を乗せたパトカーをパーキングエリアで見送った西野《にしの》と奥田《おくだ》さん。

当然ながら彼らの下にも警察官はやって来た。

まさかそのまま解放される訳もなく、二人もパトカーに乗せられて、所轄の警察署まで連れて行かれることになった。フツメンはすぐさまフランシスカに連絡を入れたが、彼女の声が現場へ届くには時間が必要だ。

取り分けバイクに跨《また》がりノーヘルで公道を疾走した西野には、居合わせた警察官も塩《しょ》っぱい顔である。カーチェイスの様子は警察のヘリからも確認されていた。バイクを盗まれた人物からは被害届が出ているらしい。

そうして訪れた警察署でのこと。

「いいかね？　君がしたことは歴《れっき》とした犯罪なんだ」

「重々承知している」

「本当かね？」

「とても申し訳ないことをしてしまった」

取り調べ室と思《おぼ》しき一室で、フツメンは警察から事情聴取を受けていた。

かれこれ小一時間ほどとなる。

六畳ほどの室内には、大きめのデスクを挟んで向かい合わせに、椅子が二つ並べられている。片側には西野《にしの》が掛けており、対面には警察の取り調べ担当者。また、部屋の隅にはラックに載せられてカメラや録画機材が窺《うかが》える。

担当者は四十代も中頃の中年男性だ。

高校卒業と共に採用されてから、本日までの二十余年の間、警察官一筋でやってきた叩《たた》き上げのベテランである。真面目な性格の持ち主であり、階級こそ巡査部長から先が見えない一方、職場では周囲からも頼りにされている人物だ。

「友達のことが大切だという気持ちは、我々も分からないではない。しかし、こういった場合に働くべきは、君のような子供ではなく、我々警察なんだ。ましてや法律を犯して、世の中に迷惑をかけてまで追いかけるのは違う」

「あぁ、おたくらの言う通りだろう」

「反省しているのかね？　自分のやったことを」

「当然だとも。先程にも説明したが、バイクの持ち主にも十分な償いをしたいと考えている。差し支えなければ、被害届を上げた人物の連絡先を教えてもらえないだろうか？　後日改めて、こちらから連絡を入れたい」

「そうは言っても、子供の君に何ができるというのだね？　ああいうのは子供の小遣いで買えるようなものじゃない。親御さんに出してもらうというのなら、それは君が償ったことには決してならないんだよ？」

警察官は努めて優しく、諭すような口調でフツメンに訴える。

しかし、当の本人はこれでもかとシニカル。

「安心するといい。これでも懐には余裕があるのでな」

「まさか君は、警察を馬鹿にしているのかね？」

「滅相もない。おたくらの頑張りはそれなりに評価している」

「ひょう……評価？　どういうことだね？」

「しかし、命令系統が煩雑になりがちなのは、改めた方がいいのではないか？」

「っ……！」

警察官が相手であっても、平時からの上から目線は揺るぎない。

西野《にしの》の言動があまりにも苛立《いらだ》たしい為《ため》、取り調べの担当者は言葉を交わすたびに、刻一刻と憤怒を溜《た》めていく。こんな七面倒臭い少年ではなく、車を運転していた男性を担当したかった、とは彼の素直《すなお》な思いだ。

自然と続けられる問答も厳しいものになっていく。

「こういう言い方はしたくないが、そちらの態度次第では、今後の扱いも大きく変わってくる。君はまだ若いのだから、素直にこちらの言うことに頷《うなず》いておいた方がいい。その年で将来を閉ざしたくはないだろう？」

「ところで、上からはまだ連絡が来ていないのだろうか？　確認して欲しい」

「確認？　何を確認しろというんだ」

「こう見えて色々と忙しい身の上でな。さっさと解放してもらいたい」

「っ……こっちだって、子供の遊びに付き合っている暇はないんだよっ！」

苛立ちが限界に達した担当者は、両手で机をバンと叩《たた》いて吠《ほ》えた。

年頃の少年相手なら、多少なりとも及び腰になりそうなものである。事実、机を叩《たた》いた本人も、両手にビリビリと刺激が走るのに応じて、しまったと意識を改める。一昔前ならいざしらず、昨今ではあまり強く出ることは問題だった。

しかし、当の相手はなんら怯《おび》えた様子もなく、いけしゃあしゃあと応えた。

「そうカッカするな。焦らずともこの場で成果を上げる必要はない」

「埒《らち》が明かない。親御さんが来るまでここで待っていなさい」

吐き捨てるように言って、担当者は椅子から腰を上げた。

警察署を訪れた当初、保護者に連絡を入れなさい、との警察官による指示に従い、彼らの前でマーキスに連絡を入れていたフツメンである。当然ながら、六本木《ろっぽんぎ》の彼が警察署まで足を運ぶことはないだろう。

奥田《おくだ》さんの目があったことも手伝い、形だけでも取り繕っていた次第である。ちなみに彼女は別室にて女性警官から事情聴取の真っ最中。本命は移動の間に連絡を入れたフランシスカによる根回しである。

椅子を立った担当者は、西野《にしの》を残して部屋の外に出ていかんとする。

しばらく一人にして反省させようという魂胆だった。

これと時を同じくして、取り調べ室に新たな人がやって来た。

廊下から顔を見せたのは、担当者より一回り年上の男性である。同じく制服を着用している。取り調べを行っている彼との違いを探すとすれば、それは左胸に付けられた階級章のデザインである。

席を立った彼は、その姿を目の当たりにすると、改まった口調で問いかけた。

「署長、こんなところまでどうされたんですか?」

「あぁ、よかった。ここに居たのかね」

担当者から署長と呼ばれた男性は、室内に西野の姿を見つけて呟《つぶや》いた。

その視線を確認したことで、取り調べをしていた彼からは疑問の声が。

「失礼ですが、この子供がどうかしたんですか?」

「君が取り調べていたこちらの少年だがね、すぐに解放してくれたまえ。忙しいところ悪いが、被害にあった娘さんと一緒に自宅まで送り届けて欲しい。あの子もこちらの署で預かっているとの報告を受けている」

「ちょっと待って下さい。まさかとは思いますが、何もせずに帰せと言うんですか? こう言ってはなんですが、この少年には反省しているような素振りが欠片《かけら》も見られません。

とてもではありませんが、このまま帰すなんてことは……」

職務に対して真摯な担当者は、世のため人のため、必死に食い下がる。

この見た目に反してちゃらんぽらんな少年、お咎《とが》めもなしに野に放ってしまっては、また同じような問題を起こすのではないかと。そして、その時はどこかの誰かが、決して小さくない被害を受けるかもしれないと。

「それは君の警察官としてのキャリアを捨ててでも、主張すべきことなのかね？」

「っ……！」

しかし、続けられた上役の物言いを耳にして、彼は言葉を失った。

代わりに声を上げたのは、話題に上がった少年である。

「せっかくの申し出だが、送ってもらうには及ばない」

「よろしいのですかな？」

「警察に送られたら、色々と噂《うわさ》されるかもしれないだろう」

それらしい理由を述べてみせたフツメンだが、実際には奥田《おくだ》さんと二人きりの時間を設けるべく企《たくら》んでのこと。足についてはタクシーを利用すれば問題ないだろう、とかなんとか考えている。

「代わりに奥田さんのところまで案内して欲しい」

「でしたら、私の方で対応するとしましょうか」

固まってしまった担当者の傍《かたわ》ら、席を立った西野《にしの》。

彼は署長に促されるがまま、取り調べ室を後にした。

◇◆◇

フランシスカを経由しての根回しが功を奏して、西野は警察署を脱出した。

すぐ隣には奥田《おくだ》さんの姿も見られる。

署長さんから繰り返し提案のあった自宅までの送迎を断り、二人で最寄りの駅を目指して歩いている。夜も遅い時間帯ながら、繁華街にほど近い所在も手伝い、路上には人が雑多に溢《あふ》れていた。

その只中《ただなか》を二人は肩を並べて歩んでいる。

自宅まで送ろう、という西野からの提案に、それじゃあ駅まで付き合ってもらおうか、と応じた奥田さん。この機会に会話の場を設けて、少しでも仲良くなろうと考えた童貞の作戦が見事に決まった次第だった。

「西野君、君はなかなかバイクの運転が上手なようだ」

「そうだろうか？」

「もしや免許を持っているのかい？」

「あぁ、ライセンスは正規のものを保有している」

免許、ではなくいちいちライセンス、と称してしまう辺りが、二年A組のクラスメイトとしては苛立《いらだ》ちポイント。しかし、奥田さんにしてみれば、その言い回しがむしろ心地良いものとして響く会話だった。

なるほど、その手があったか、みたいな表情を浮かべて彼女はやり取りを続ける。

「しかし、あれは大型ではなかったのかい？」

「奥田さんはバイクに詳しいのだろうか？」

「ナンバーの縁が緑色だっただろう」

「中型でもナンバーの縁が緑色のバイクはあるが」

「えっ、そうなの？　緑色は全部大型だと思ってた……」

虚を突かれたり、ミスを指摘されると、ちょくちょく素に戻る奥田さん。

それでも学内の生徒にしては珍しく、率先してフツメンの発言を拾ってくれる。丁寧に受け答えを続けてくれる。それも話題に上げられているのは、女子生徒であれば難色を示しそうな男臭い趣味。

その事実に西野は感動を覚えていた。

だからこそ、無免許運転の事実は隠さねばならない。

業界指折りの大型バイクを中型として煙に巻きつつ、フツメンは会話を継続。

「国内では排気量が二百五十一以上、車検が必要なバイクのナンバーの縁が緑色だ」

「私も今後の仕事を思えば、二輪のライセンスを検討するべきか……」

「中型二輪で筆記試験を合格すると、普通自動車の教習では実技のみとなり、学科が免除される。高校卒業を控えて、あるいは卒業してから自動車の購入を考えたとき、免許の取得が少しだけ楽になるのは利点だろう」

「こちらの国を当面の拠点とすることを思えば、なかなか悪くない話だ」

「とはいえ、危ない道具でもある。事前に事故映像などでの学習をお勧めする」

意識して気取った言動を繰り返す奥田《おくだ》さん。

過去、ほぼすべての生徒が何度かやり取りを交わしたところで、それじゃあ奥田さん、私たちは他に用事があるから、とかなんとか言いつつ離れていった。だというのに、目の前のフツメンは平然と会話を続ける。

「ところで、こちらからも確認したいことがある」

「なんだい？」

「奥田さんはどうして、あのホテルに居たのだろうか」

「えっ、あっ……それは、その……」

警察沙汰に巻き込まれた手前、その原因が自らの行いにあると思うと、GPSタグの所在を素直《すなお》に伝えることに、やましさを覚えた奥田さんである。けれど、危地を救われたことを思えば、はぐらかすことは憚《はばか》られた。

そこで当初の予定通り、彼女はこの場でネタをバラすことにした。

「実は君のことを驚かそうと、ＧＰＳタグを仕込んでいたのだよ」

「ＧＰＳタグ？」

「下げているバッグの底の辺りを確認してくれないか？」

促されるがまま、西野《にしの》は自身のバッグの中を確認した。

すると彼女の言う通り、底板の下からチップ状のタグが出てきた。

「……これはいつから？」

手にしたタグを見つめて、幾分か声色を低くした西野が言った。

学外でこそ常日頃から害意に備えているフツメンだ。しかし、まさか学内で同級生に仕掛けられるとは夢にも思わない。内心、そういう可能性もあったのかと、今どきの学生の遊び心に驚愕《きょうがく》である。

「昨日の昼休み、み、皆が教室を留守にしている間に入れました」

「タグを入れた理由を尋ねたいのだが」

「西野君の自宅とか、知りたくて、その、驚かせたくて……」

「…………」

西野は即座、奥田さんに伝えられた日時と過去の行動を照らし合わせた。

取り立てて問題のある場所は訪れていない。精々、マーキスのところで酒を飲んだ程度である。少なくとも見られて困るような場面はなかったと、ひとしきり往日を思い出したところで結論を出した。

彼は手にしたタグを奥田《おくだ》さんに差し出す。

「申し訳ないが、次からは事前に教えてくれるとありがたい」

「こ、こっちこそ、変なことしちゃってごめん。西野《にしの》君」

今更ながら、私ちょっと失礼なことしちゃったかも、などと慌て始めた奥田さんは生粋の不思議ちゃんである。中二病に冒されて激減した他者とのコミュニケーションの機会が、彼女の社会性を著しく奪っていた。

他方、先方に悪意がないと理解したのなら、それはそれで悪くない心持ちのフツメン。同級生の女子生徒から、GPSタグを仕込まれて自宅を特定された。気分はさながら、彼女に追跡アプリを仕込まれた彼氏。

これはこれで青春っぽいじゃないのと、西野の童貞心は盛り上がる。

「別に構わない。遊び心から友人の跡を付けるなど、誰しも経験があるだろう」

「だけど……」

奥田さんの行いについて、西野は気にしないことにした。

また、彼女の存在は今回の騒動において、彼にとっても決して悪いものではなかった。

逃走した人物に奥田さんが同行したおかげで、西野は先方を追うことができた。残念ながら替え玉ではあったが、その捕縛には意味がある。

先んじて手を出して失敗した警察に貸しを一つ。

彼にとっては決して小さくないリターンである。

そして、一度こうだと決めたのなら、過去の経緯はどうあれ、サクッと意識を切り替えられるのが西野である。申し訳なさそうな表情をする奥田さんに対して、これを慰めるように繰り返し言葉を掛ける。

「あのホテルには、地方から出てきている知人が宿泊していてな」

「知人？」

「明日にも帰るというので、顔を見せに足を運んだところだったんだ」

「そ、そうだったんだ……」

奥田さん的には、えっ、西野君、優しい、みたいな感じ。

他のクラスメイトであれば、フツメンの気取った物言いに反感は必至。しかし、むしろそれを好ましく感じている奥田さん的には断然アリだった。更に危ういところを助けられた直後とあらば、彼女も色々と思うところが出てくる。

隣を歩いていた彼を見つめて、路上を進む足が止まった。

「それにしても西野君、君はなかなかやるね。銃弾さえものともしないとは」

「大したことはしていない。少しばかり運が良かっただけだ」

これに倣い、フツメンも足を止めて彼女に向き直った。

手を伸ばせば触れ合える距離感で、互いに顔を向き合わせる。

「……こんなことしか言えなくて申し訳ないけど、ありがとう、西野《にしの》君」

「礼なら警察署へ向かう前にも受けたと思うが」

「自動車に乗せられたとき、本当に、こ、殺されるかと思ったから」

ボソボソと呟《つぶや》かれた奥田《おくだ》さんの声は、それでもフツメンの耳にしっかりと届いた。これまでの意気揚々とした口調とは打って変わって、恥ずかしそうな物言いだ。語る表情はとても申し訳なさそうに。

対する西野は平素からの調子で言葉を返す。

「警察署で確認したところ、あの男は他所《よそ》の国の人間だった。状況的に考えて、まず間違いなく強制送還される。何がどう転んだところで、奥田さんが今後、あの男によって不利益を被ることはないだろう。どうか安心したらいい」

実際にはフランシスカのみぞ知るところの、拉致犯の行き先である。

オバサンには既に逮捕の知らせも入れていた。

そして、いずれにしても犯人が再びお天道様の下に出てくるようなことはないと、西野は奥田さんを気遣うように語った。今晩あたりベッドに入ってから、騒動を思い起こして身を震わせることがないようにと。

「…………」

「どうした？　他に不安があるようなら、今この場で何でも言って欲しい」

奥田さんとしては、これがまた格好《かっこう》良く映った。

委員長アイズに換算するなら、フツメンが雰囲気イケメンに見えるくらいには、キラキラと輝いて感じられた。実際、夜の暗がりが手伝って、白昼よりも幾らか男前に見えてしまったりする西野の顔面である。

そこで奥田さんは思いきって、自分から一歩を踏み出してみることにした。

「不安とは違うのだけれど、この機会に一つ尋ねてもいいだろうか？」

「ああ、なんだろう」

「西野君は現在、付き合っている人はいるのかい？」

奥田さんは当初の目的、高級ホテルまで足を運ぶに至った質問を口にした。

すると返ってきたのは、どこまでも素直《すなお》なフツメンのお返事。

「いいや、そういった間柄にある人物はいないな」

「本当かい？」

「B組の二人とのやり取りだが、あまり気にしないで欲しい」

本日もA組を訪れて、西野の気になっている人物がどうのと、賑《にぎ》やかにしていたローズとガブリエラ。その姿を思い起こして、フツメンは言い訳を並べる。委員長との関係を絶望視する童貞は、正真正銘、年齢イコール彼女いない歴である。

すると奥田《おくだ》さんの顔には、パァと笑みが浮かんだ。

自然と続く言葉も勢いづいたものになる。

「だとしたら西野《にしの》君、これからも私と仲良くしてはくれないだろうか」

「あぁ、こちらこそよろしく頼みたい、奥田さん」

「っ……そ、そうかい？　そう言ってもらえて嬉《うれ》しいよ！」

その姿を面前に眺めて、西野は心の中でガッツポーズ。これまで彼が切望して止《や》まなかった、学校を同じくする異性の友人である。それも彼氏と彼女の関係に発展する可能性がある人物ときたものだ。

過去には松浦《まつうら》さんに同じことをして大失敗。

それが今回はどんぴしゃり。

願って止まなかった青春が、すぐ目の前にまで訪れた感覚。

ローズが目撃したのなら、流血沙汰は避けられそうにない光景である。

〈合コン　一〉

ホテルでの騒動以降、奥田さんは事ある毎《ごと》に二年A組を訪れた。

お目当ては同クラスの厄介者、西野である。

登校から間もない朝のホームルーム前の時間に始まり、昼休みは当然のこと、授業の間の僅かな休み時間であっても頻繁に足を運んだ。放課後にはホームルームを終えるや否や、帰り支度をしてすっ飛んでくる。

そして、フツメンの席を囲ってシニカルトーク。

聞いている方が恥ずかしい会話が連日にわたって繰り広げられた。

一部の女子生徒からは非難の眼差《まなざ》しが向けられるも、西野からリサちゃんに対して行われた相談が功を奏して、以前のような苛《いじ》めに発展することはなかった。遠巻きに悪口が呟《つぶや》かれる程度で済まされている。

こうなるとフツメンは嬉しくて仕方がない。

当然のようにランチタイムも共にするようになった。

その日の昼休み、西野と奥田さんは共に学生食堂のテーブルを囲んでいた。

同じ卓にはローズとガブリエラの姿も見られる。

つい昨日まで屋上でピクニックシートを広げていた面々は、本日から食堂に場所を移すことにした。一段と冷え込んだ外気を受けて、もう我慢できません、室内への移動を提案します、とのガブちゃんの意見に促されてのことだ。

「温かい場所で頂く食事は素晴ラしいですね。箸を持つ手が悴《かじか》むこともありません」

「この間は寒空の下で、肉まんを美味《おい》しそうに頬張《ほおば》っていたじゃないの」

「ああいうのは滅多《めった》にないからいいんです。毎日では参ってしまいます」

それなりに広さのある食堂の隅の方、西野《にしの》たちが掛けているのは六人掛けの四角いテーブルだ。フツメンの両隣にローズとガブリエラ、対面に奥田《おくだ》さんという、些《いささ》か変則的な各人の位置取りとなる。

卓上には例によってローズ手製のお弁当が重箱に詰められてズラリと並ぶ。食事を持ち込んだ本人に加えて、西野とガブリエラはこれを食べている。各々の手元にはオカズの収まった箱とは別に、白米の入れられた容器。

奥田さんの正面のみ、彼女が持ち込んだ一人前のお弁当が置かれていた。

「学食で私物の弁当を広げていることに、罪悪感を覚えるのだが」

「似たようなことをしている生徒は他にもいるし、別に構わないでしょう？」

「だとしても、グループに一人くらいは学食のメニューを口にしていないか？」

昼休みという時間帯も手伝い、周囲のテーブルは大半が埋まっている。

そして、決して少なくない生徒が西野たちを意識していた。

学内カーストの頂点と最下層、不釣り合いな構成のグループに、チラリチラリと疑問の眼差《まなざ》しが送られている。ただでさえ目立つローズとガブリエラ。そこにやたらと手の込んだ料理が広げられているとあらば、否《いや》が応《おう》でも気を引かれる。

「西野《にしの》君、だったら私がカレーの一杯でも注文してこようじゃないか」

「いや、それなら自分が買いに行こう。奥田《おくだ》さんは自分の弁当があるだろう」

「でしたらすみませんが、醬油《しょうゆ》ラーメンをお願いします」

「どうして貴方《あなた》が注文を入れるのよ」

「この機会に、学生食堂の味、というやつを確認しておきたいのです」

「だったら自分で買ってきなさい」

「流石《さすが》に全部は食べ切レないので、一口だけ頂けたラと考えました」

先日、初めて屋上でローズのお弁当を啄《ついば》んだ日からずっと、奥田さんは西野たちとお昼休みを共にしている。彼女たちを同族認定して以降は、二人に対する態度もフツメンに接するのと同様、とても気さくなものとなった。

「いずれにせよ、注文するなら次の機会でいいでしょう？　食べ切れずに残したら勿体《もったい》ないじゃないの。これからはお弁当の量を減らすから、ここのメニューと合わせて食べましょう。そういうことなら西野君も文句はないわよね？」

「分かった、そのようにしよう」

「ガブリエラさんはラーメンが好きなのかい？」

「はい、ラーメンはとても優レた文化だと思います。なんでもこういった食堂のラーメンは、胡椒《こしょう》をたっぷりと使うのが通の食べ方だと聞きました。是非とも試してみたいとは、以前からラ考えていたのです」

そんな塩梅《あんばい》であるから、実態はどうあれ、傍目《はため》にはとても円満に映る西野たちのグループだった。さっぱりとしたローズとガブリエラの性格に、物怖《ものお》じしない奥田さんの行動力が相まって、仲のいいお友達といった雰囲気が感じられる。

だからこそ、奇異に映るのがフツメンの存在。

女子生徒三名に対して、男子生徒一名。

完全にハーレムである。

しかも居合わせた女子生徒は、三名共に見栄えのする姿をしていた。若干一名、風評に難のある人物も混じってはいるが、黙っていればそれなりに可愛《かわい》らしいと、一部の生徒からは定評のある奥田さんだ。

その上、当のフツメンは熟《こな》れた態度で女子生徒と接している。男子生徒からすれば、羨ましいにも程がある光景だった。どうして西野なんかがローズちゃんたちと、といった疑念の眼差しが随所から向けられる。

だがしかし、同所にはそんな男子たち以上に、気分を波立たせている人物がいた。

そう、志水《しみず》である。

本日もお昼休みが始まるや否や、二年A組の教室を訪れたローズとガブリエラ、奥田《おくだ》さんの三名。ランチの場所を巡って賑《にぎ》やかにしていた彼女たちのやり取りを、二つ隣の席から盗み聞きしていた委員長である。

そこで耳にしたのが、学生食堂なるワード。

普段なら昼食は教室でリサちゃんと共にしている志水。しかし、本日の彼女は、ごめんリサ、お弁当を持ってくるの忘れちゃって、とかなんとか言いつつエスケープ。しっかりと持ち込んだお弁当を鞄《かばん》の中に残したまま、教室を後にした。

賢い委員長は、その後の動きについても抜かりはない。

西野《にしの》たちに遅れること数分ほど、わざと時間を設けてから学食を来訪。意図して出遅れた彼女を迎え入れたのは、多くの学校がそうであるように、生徒でごった返したフロアである。パッと見たところ、丸っと空いているテーブルは見られない。

「……よし」

これを確認して、彼女は食券を購入の上、カウンターで食事を受け取る。

そして、フロアの隅の方、西野たちの座るテーブルに歩みを向けた。

彼女が想定したとおり、彼らが座っている卓には若干の空きが見られる。その事実に手応えのようなものを覚えつつ、さも座る席がなくて困っているかのような表情を浮かべて、先方の下へ接近していく。

　すると、事は志水が考えたとおりに進んだ。

「委員長、委員長が学食にやってくるとは珍しい」

「えっ？　あ、西野君？」

　フロア内を歩む彼女を目の当たりにして、西野から声が掛かった。

　志水はさも今気づきましたと言わんばかりの態度で受け答え。

　偶然を装って、彼らのテーブルの下まで足を運んだ。

「失礼だが、もしや一人だろうか？」

「う、うん。ちょっとお弁当を忘れちゃって……」

　いつぞや文化祭の折、異性との交流を得るべく必死になっていたフツメンと、これを鼻で笑っていた委員長。当時とは完全に逆転してしまった状況に、けれど、志水はしおらしい言い訳を並べつつ受け答え。

　続く西野からの提案は、彼女が想定した通りのものだった。

「座る場所がないようなら、こちらの席が空いているが」

　自らの斜め前、奥田さんの両隣を視線で指し示して言う。

　また妙な座り方をしているわね、とは彼らの配置を眺めた委員長の素直《すなお》な感想である。

　まるでハーレムじゃないの、などと女子生徒三名を眺める。そして、なんだかんだと胸中で御託を並べつつ、彼女は空いていた席に堂々のハーレム入り。

ちなみに二つ空いていた席のうち、志水《しみず》が選んだのはガブリエラの正面だ。

「………………」

ローズからは即座に、この女、まさか狙って足を運んだんじゃないでしょうね、といった疑いの眼差《まなざ》しが向けられた。表立って声を上げることはしないが、ほんの一瞬、ジロリと睨《にら》むような目つきでの凝視。

図星の委員長としては、これを見て見ぬ振り。

直後には対面に座っていたガブちゃんから声が掛かった。

「もしやそレは醤油《しょうゆ》ラーメンではありませんか？」

「え？　うん、そうだけど」

「差し支えなけレば、こちラのお弁当と少しばかリ交換をしませんか？」

「自身に所有権がないお弁当を対価に、取引をしないでもらえないかしら」

委員長が合流したことで、テーブルは一層賑《にぎ》やかになった。

西野《にしの》のハーレムにまた一人、綺麗所《きれいどころ》が追加。

しかも一連の流れは、フツメンから志水に対して誘いがあってのこと。素直《すなお》に着席した委員長の反応も手伝い、食堂に居合わせた生徒からは更に注目が集まった。明らかに浮いている西野の存在に、誰もが疑問を覚える。

そして、同所には以前から志水に好意を向けて止《や》まない男子生徒の姿があった。

「タケッち、俺ちょっと委員長のところに行ってくるわ」

「いやいや、ちょっと落ち着けよ。ここ食堂だぞ？」

「心配するなよ。別に西野をどうこうしようって訳じゃないから」

鈴木《すずき》君である。

竹内《たけうち》君と共に食堂を訪れていた彼は、委員長と西野のやり取りを目の当たりにして、早々にも腰を上げた。卓上に置かれていた食事はそのままに、手ぶらで西野たちが囲んでいるテーブルに向かう。

ここ最近、教室では奥田《おくだ》さんといい雰囲気になること度々のフツメン。

ローズやガブリエラとの関係も円満なものであることが発覚。

更に委員長をも巻き込んで、仲良く昼食を食べる姿を見せつけられたのなら、とてもではないが我慢できない鈴木君であった。まさかこいつ、もう一発ヤッたんじゃなかろうかと、下手に勘ぐる羽目となる。

イケメン的には許しがたい状況だった。

「奥田さん、ここちょっといい？」

「えっ、あ、す、鈴木君……だよね？」

西野たちの下を訪れた鈴木君は、まず最初に奥田さんに声を掛けた。

彼女が相手なら、間違ってもノーとは言われないと考えてのこと。

鈴木《すずき》君が想定したとおり、学内カースト上位のイケメンに声を掛けられた奥田《おくだ》さんは、相手の顔立ちを確認して素の反応から驚き、返答に戸惑う。その隙を突いて、彼は彼女の隣の席に腰を落ち着けた。

これで六人掛けの席が全部埋まった。

「奥田さんに何か用かしら？」

招かれざる客を対面に眺めて、ローズから声が掛かった。

奥田さん共々、どこかへ行ってくれないかしら、とは彼女の素直《すなお》な思いである。その意識はお邪魔虫を二人まとめてどうにかするべく、すぐさま動き始めた。ただ、そうした彼女の思考は、続く鈴木君の発言を受けて一時停止。

「いや、用があるのは西野《にしの》なんだよ、ローズちゃん」

「西野君に？」

委員長の存在を巡り、鈴木君が西野を敵視していることはローズも把握していた。まさか喧嘩《けんか》を売りに来たのかと、勘ぐってしまったのは仕方がないこと。これは委員長やガブリエラも同様であって、彼に対して注目が向かった。

唯一、西野だけが心なしか嬉《うれ》しそうに問いかける。

「どういった用事だろうか？　鈴木君」

「前に試験の点数を競ってゲームしたじゃん？」

「……ゲーム？」

クラスメイトから会話の機会を与えられたことが嬉しいフツメンだ。

続けられた問いかけにも素直に意識を巡らせる。

すると思い起こされたのは、中間試験の点数を利用した催しである。ガブリエラ発案により実施されたそれは、参加者が明示した特定の科目に対して、点数の低かった人物が、点数の高かった人物の命令を何か一つ聞く、というもの。

そこで西野は鈴木君に対して、命令権を獲得していた。

「それはもしや、中間試験の件だろうか？」

「そう、それだよ」

「まさかとは思うが……」

「お前、めっちゃ合コンに行きたがってたじゃん？」

当時のフツメンが鈴木君に対して求めたのは、合コンの開催である。

口約束こそ交わしていた二人だが、ゲームが終えられてからは結構な時間が過ぎている。本人から時間を要するとは聞いていたが、西野としては既に果たされることもないだろうと、半ば忘れかけていたやり取りとなる。

これほどフツメンに似つかわしくない単語はない。

合コンなる響きを耳にして、委員長からも声が上がった。

「鈴木《すずき》君、それ本気で言ってるの？」

「約束は約束だからな。ちょっと時間がかかっちゃったけど」

俺って一度でも口にしたことは、しっかりと守る男なんだぜ？　などと言外に訴えるよう、委員長に対して胸を張ってみせる。ニコリと浮かべられた笑みは、持ち前のイケメンを存分に生かした極上のスマイル。

「………」

これには彼女も続く言葉が出てこなかった。

ところで、西野《にしの》としては些《いささ》かばつが悪い話題だ。奥田《おくだ》さんと仲良くし始めた昨今、他の異性と関わり合いになるのは、できれば避けて通りたいフツメンだった。まだ付き合い始めた訳でもないのに、既に彼女に対して操を立て始めている童貞野郎である。

「鈴木君、その件なんだが申し訳ないが……」

「まさか今更無しとか言わないよな？　セッティングするの苦労したんだよ」

「……そうか。忙しいところ、色々と手を尽くしてくれて申し訳ない」

自ら面と向かって頼み込んだ手前、フツメンも断ることはできなかった。

素直《すなお》に頷《うなず》いて、鈴木君からの提案を受け入れる。

これを確認したところで、イケメンの意識は隣に座った奥田さんに移った。

「そうだ、奥田さんも一緒にどう？」

「え？　わ、私も？」

イケメンからお誘いを受けて、陰キャの奥田さんはどぎまぎ。

合コンという響きには、憧れを持たない訳でもない彼女だ。しかし、彼女が生きてきた世界とはあまりにも距離感のある出来事に、どうしても躊躇《ちゅうちょ》してしまう。また、からかわれているのではないか、とも。

「あの、合コンとか、そういうのは経験がなくて……」

「男サイドでどうしても参加したいってヤツが一人あぶれてて、もしも奥田さんが参加してくれるなら、そいつも追加で参加できるんだよな。無理にとは言わないけど、もしよかったら西野と一緒にどうかな？」

そうした彼女の心中をすぐさま見抜いた鈴木君は畳み掛けるように言う。

奥田さん的には、西野と一緒に、という部分が響いた。

当然ながら鈴木君の策略である。

合コン会場という自らのフィールドに西野を誘い込み、奥田さんの手前で弄《いじ》くり回す腹づもりの鈴木君だった。出会ってから間もない二人なら、それで容易に破局するだろうとイケメンはそろばんを弾《はじ》いている。

なんなら知り合いに奥田《おくだ》さんを抱かせてしまってもいいかもな、とかなんとか。

「西野《にしの》君、君は合コンとか行く人だったのだね」

「いや、残念ながらこれが初めての経験となる」

「えっ、そうなのかい？」

「しかし、興味があったのは本当だ。先程にも話題に上がっていたが、奥田さんと知り合う以前、ゲームの報酬として鈴木《すずき》君に開催を依頼していた。わざわざ手を回してくれた鈴木君には感謝しかない」

奥田さんを意識するフツメンは、過去の経緯を並べて言い訳とする。

合わせて鈴木君をアゲることも忘れない。

すると、西野の発言を受けて奥田さんがボソリと呟《つぶや》いた。

「そういうことなら、わ、私も一緒に行こうかな……」

「よし、それじゃあ決まりだな！　日程なんだけど、今週末とかどう？」

こうして鈴木君主催による合コンの開催が決定した。

少し離れたところから彼らのやり取りを眺めていた竹内《たけうち》君は思う。

これってどう足掻《あが》いても、鈴木が苦労するやつなんじゃなかろうか、と。

◇

◆

◇

同日の放課後、学校を発《た》った西野は真《ま》っ直《す》ぐに六本木《ろっぽんぎ》へ向かった。

先の騒動について、アンタに報告したいことがある、との連絡をマーキスから受けての参上だ。閉店中の案内が掛けられた店内で、カウンター席に掛けた彼は、テーブル越しにバーテンと顔を向き合わせていた。

「まずはこちらの不手際について、改めて清算をしたい」

「大した被害はなかった。そう畏《かしこ》まることもない」

普段と比べても丁寧に感じられる口調でマーキスが言う。

対して西野は、相変わらずの突《つ》っ慳貪《けんどん》な物言いで受け答え。

「現場では学校の知り合いが巻き込まれたと聞いたが……」

「こちらとしても得るものがあった。それで手打ちとして構わない」

「警察との件を言っているのであれば、そちらは改めて話をしたい」

「いいや、それとは別件だ」

首都高でのカーチェイスを経たことで、目に見えて奥田さんとの関係に進展が見られた西野である。彼女に対しては申し訳なく感じている一方で、新人の不手際については目を瞑《つぶ》る腹づもりの先輩だった。

「……まあ、アンタがそう言うなら、今回はご厚意に甘えるとしよう」

「とはいえ、次は上手《うま》いことやってもらいたいところだが」

「それなんだが、案件の取り次ぎからも話があるそうだ」

「取り次ぎ?」

「そろそろ来ると言っていたが……」

マーキスの視線が手元の腕時計に向けられる。

時を合わせたように、店のドアに設《しつら》えられた鐘が、カランコロンと乾いた音を立てて鳴った。店先には閉店中の案内が出されている手前、これを無視して店内に足を踏み入れる人物は限られてくる。

自《おの》ずと二人の注目は店の出入り口に向かう。

「はぁい、遅くなってごめんなさい?」

姿を見せたのは、スーツ姿のフランシスカだった。

彼女は店内に西野《にしの》を見つけて、真《ま》っ直《す》ぐに足を進める。

「グアムの後始末はよかったのか?」

「そっちはもう終わらせたわよ」

カツカツとヒールを鳴らしつつ、西野の下まで歩み寄ったフランシスカは、彼のすぐ隣のカウンター席に腰を落ち着けた。フツメンの面前、ミニスカートを着用しているにもかかわらず、大仰にも足を組んでみせる。

「私にも何かもらえないかしら？　喉が渇いているの」

「……分かった」

隣の席に置かれた飲みかけのグラスを眺めて、フランシスカが言った。客からの注文を受けて、バーテンがカウンターの内で動き出す。

その姿を尻目に彼女は西野に対して言葉を続けた。

「こちらの離職者の対応だけれど、現場でバッティングがあったそうね」

「アンタから話があると、つい今しがたに説明を受けた」

「先に言い訳をさせてもらうと、私はちゃんと指示を出していたわよ？　ただ、現場に近いところで独断専行があったらしいのよね。正義感を持つのは結構だけれど、仕事の邪魔はしないで欲しいわぁ」

「あぁ、そんなことだろうとは考えていた」

「替え玉を相手に不祥事を重ねていたら世話ないわよね」

やれやれだと言わんばかりの態度でフランシスカは語った。

その傍《かたわ》ら、西野は淡々と受け答えを続ける。

「こちらも仕損じた形だが、依頼主の意向に変わりはないか？」

「素直《すなお》に言ってしまえば、今回の仕事は私の上司から【ノーマル】へのご機嫌取りのようなものだから、貴方《あなた》の好きにしてくれて構わないわ。面倒だっていうのなら、こっちで処理してしまってもいいのだけれど」

「一度は受けた案件だ。最後まで務めさせてもらう」

「そう？　だったらお願いするわね」

フツメンと言葉を交わすフランシスカの正面、カウンターの上にバーテンの手によってグラスが用意された。大きめのジョッキに並々と注がれたビールである。女性が手にするには些《いささ》か無骨なシルエットだ。

だが、フランシスカは構うことなく口をつけて、一息に三分の一ほどを飲み干した。

「相変わらずいい飲みっぷりだ」

「言ったでしょ？　喉が渇いていたのよ」

彼女に倣うかのように、西野《にしの》もまた手元のグラスに手を伸ばす。ゴクゴクと豪快に喉を鳴らすフランシスカとは対照的に、フツメンは気取った態度でウィスキーを口に運び、少量を舌の上で転がすように嗜《たしな》む。

委員長が居合わせたのなら、もう少し普通に飲めないの？　との突っ込みは必至。バー初体験の志水《しみず》が、フツメンに対する反発から蒸留酒を軽快に喉へ流し込み、ブーと吐き出すのはもう数年先の出来事である。

「あと、対象の動向なのだけれど、近い内に亡命を予定しているそうよ」

「その語りっぷり、情報の出処《でどころ》が気になるところだが」

「亡命を求められた先からのタレコミだから、確度は高いと思うわよ？」

「相変わらず弱者に対してはどこまでも非情な世の中だ」

「貴方《あなた》のように損得勘定もなしに動く方が珍しいのよ」

「これでも十分に勘定しているつもりではあるのだがな」

他にお客の姿が見られない店内は静かなもので、西野とフランシスカのやり取りする声がフロアの端々まで響く。路上の雑踏もドア一枚を挟んで、かなり遠く感じられる。控えめな照明の下、アダルトな雰囲気の店内は奥田《おくだ》さん垂涎《すいぜん》のトークスペース。

カウンターの向こう側では、マーキスが手慰みにグラスを磨き始めた。

「しかし、わざわざアンタが足を運んでまで説明するようなことか？」

「他にも色々と用事があったのよ」

「また悪巧みか」

「さて、どうかしら？　色々とあるのよね、色々と」

「……まあいい」

含みの感じられるフランシスカの笑み。

西野は敢《あ》えて尋ねることはせず、小さく頷《うなず》くに収めた。

「あと、仕事を継続するのであれば、今後の予定を確認させてもらえない？」

「そちらに関しては、ここの店主にも都合を尋ねたいところだが……」

西野《にしの》とフランシスカの視線が、カウンターを挟んでバーテンに向かう。

グラスと布巾を手にしたのも束《つか》の間《ま》のこと、話題を振られたマーキスはこれらを手元に置いて顔を上げた。サングラスを着用した上からでも、どことなく改まって感じられる面持ちとなり、二人に向かって口を開く。

「一度はこちらで話を受けた以上、ターゲットの所在を確認するところまでは確実に行いたい。既に追加人員も手配を進めている。不甲斐《ふがい》ない返答となってしまい悪いが、数日中には突き止めたいと考えている」

「ちゃんと算段がついているのなら、細かな段取りはどうでもいいわ」

「そういうことであれば、こちらは大人しく吉報を待つとしよう」

「そうしてもらえると助かる。確認が取れ次第、すぐに連絡を入れる」

マーキスの訴えにフツメンが頷《うなず》いたところで、仕事の話題は一段落。

以降は他愛《たあい》のない雑談を交わすことしばらく。フランシスカの手にしたジョッキが空になった辺りで、バーテンが店の営業開始を口にする。オバサンはビールのおかわりを要求したが、フツメンに窘《たしな》められたことで、そのまま解散となった。

◇◆◇

放課後、フッメンが六本木《ろっぽんぎ》に向けて学校を出発したのと同時刻。

西野曰《いわ》く、ロックのお姫様こと緒形屋太郎助《おがたやたろうすけ》は、自動車で都内を移動していた。

「本当にありがとうございます、アリスなんかの頼みを聞いて下さって」

「まあ、なんだ。アイドルであっても学業は疎《おろそ》かにできないからな」

助手席には来栖川《くるすがわ》アリスの姿が見られる。

彼らが移動に利用しているのは、国産のコンパクトカー。ナンバープレートの文字に従えばレンタカーである。太郎助は上下スーツに帽子とサングラスを着用。来栖川アリスは中学校の制服姿で、更に黒毛のウィッグとマスクを身につけている。

車両や二人の風貌からは、世間の目に対する意識が窺《うかが》えた。

どうやらお忍びで行動していると思《おぼ》しき太郎助と来栖川アリスである。

「まさかタローさんが彼の通っている学校を知っているとは思いませんでした」

「前に少しばかり用事があってな。しかし、学内までは案内できない」

「そこまで無茶《むちゃ》は言いません。外から雰囲気を窺わせて頂けたら十分です」

カーナビが指し示す先には、西野が通う学校がポイントされている。

その案内に従えば、あと数分ほどで目的地に到着するとのこと。幹線道路を過ぎた自動車は、所狭しと立ち並んだ家屋やビルの間を抜けるようにして、片側一車線の大して道幅のない通りを目的地に向かっている。

「しかし、本気でアイツのところへ進学するつもりか？」

「彼との交流はアリスの学生生活において、すべての勉学にも勝ると思います」

「言いたいことは分からないでもないが、周りが色々と騒々しいのがな……」

アイツとは西野《にしの》を指し示してのことである。

中学三年生である来栖川《くるすがわ》アリスは、どうやら進学先としてフツメンが在籍している学校を選ぼうとしているようであった。アイドルのオーディション会場、西野に対して告白してみせた姿勢は、決して伊達《だて》や酔狂ではなかったようだ。

「それにタローさんも、西野さんのことが気になっているんですよね？」

「いや、俺は別にそんな訳じゃ……」

「でしたら、アリスが西野さんと仲良くなれば、彼とタローさんの接点も増えると思います。お二人の関係は存じませんが、なんでしたらアリスの存在をダシにして下さっても全然構いませんので」

「腹芸が得意なのはいいことだが、アイツを相手に下手を打つと、女子供であっても火傷《やけど》じゃ済まない。もしも良からぬことを考えているようなら、自分もこの場で事務所に戻らせてもらうが」

過去、サントリーニでの騒動を思い起こして太郎助《たろうすけ》は語る。

ガブリエラとその取り巻きに殺されかけた経験は、未《いま》だ鮮明な記憶として彼の脳裏に刻

まれていた。なんならローズに脅された経緯もしっかりと。西野《にしの》本人にも増して、その取り巻きが凶悪なのだと、肝を冷やして止《や》まないイケメンだ。

「決してそんなことはありません。ただ、アリスは西野さんが気になるんです」

「……まあ、どこに進学しようと君の自由だ。こちらから無理は言わない」

「アリスの我儘《わがまま》を聞いて下さり、ありがとうございます」

しばらくすると目的地が見えてきた。

自動車の進行方向に対して左手側、数十メートルの地点。特徴的な建物のシルエットがフロントガラス越しに二人の目に入る。道路に面した位置には校門が設けられており、時折、生徒の出てくる姿が見て取れた。

太郎助《たろうすけ》は自動車を路肩に寄せると、サイドブレーキを引いて停止させる。

「ここで待っているから、しばらく学校を眺めてくるといい」

「いいんですか？」

「その格好《かっこう》なら、気づかれて騒動になることもないだろう」

ウィッグを被《かぶ》り、更にマスクを着用した来栖川《くるすがわ》アリスを眺めて、太郎助は言った。ピンク色に染められた地毛こそ目立つ一方で、これさえ隠れてしまえば、中学校の制服姿と相まって、どこにでもいる学生にしか見えない。

「そういうことでしたら、お言葉に甘えさせていただきまぁす」

「だが、くれぐれも学内に入り込むような真似《まね》は……」

車内でやり取りを交わす来栖川アリスと太郎助。

そのうち後者の表情が、校門から現れた生徒を確認して変化を見せた。

「タローさん、どうかされましたか？」

「いや、なんでもない」

ピクリと頬を引きつらせたイケメン。

これを眺めて来栖川アリスの注目もまた校門に向かう。

すると彼女は早々にも、彼が何に意識を奪われたのかを理解した。

「あっ！　もしかしてあそこにいるの、オーディション会場でタローさんや西野さんと一緒にいた子たちじゃありませんか？　あんな目立つ組み合わせ、都内でも滅多《めった》に見られませんし、間違いありませんよぉ」

二人の見つめる先には、ローズとガブリエラの姿があった。

また、彼女たちの傍《かたわ》らには鈴木《すずき》君も見られる。

三人は正門から出てすぐのところで、なにやら言葉を交わしていた。

◇　◆　◇

路肩に停《と》められた車上、太郎助《たろうすけ》と来栖川《くるすがわ》アリスが見つめる先でのこと。

都内でも滅多《めった》に見られないブロンドとシルバーの二人組は、放課後の校門付近、二年A組の鈴木《すずき》君と顔を合わせていた。今まさに下校途中にあった彼を、ローズとガブリエラが呼び止めた形である。

「ローズちゃんとガブリエラちゃんが俺に用事なんて珍しいね」

「もしよければ、貴方《あなた》に尋ねたいことがあったの」

「いきなり声を掛けておいてなんですが、部活動には参加しなくていいのですか？　グラウンドではサッカー部がボールを転がしていました。たしか貴方はあちラに所属していたと、志水千佳子《しみずちかこ》から話を聞いた覚えがあります」

「ちょっと用事があって、今日は早引けさせてもらったんだよ」

「それはもしかして、本日の昼休みに学食で言っていたことかしら？」

「まあ、そんなところ。相手方と打ち合わせがあってね」

学内でも取り分け人気のある女子生徒に声を掛けられたことで、鈴木君は気分よく受け答えをする。他方、事前に示し合わせを行っていたローズとガブリエラの二人は、互いに協力して目当ての情報を引き出すべく話題を繋《つな》げていく。

「私たちが聞きたいのも、その話にちょっとだけ関係しているかもしれないわ」

「え？　それってどういうこと？」

「この手のイベントを行うとき、普段はどういったお店を利用しているのかしら？　学生だとどうしても、手持ちが限られているでしょう？　もしもいいお店を知っているようだったら、教えてもらえないかしら？」

「あ、そういうこと？　いいよいいよ、どういう系が好み？」

「できルことならラ、落ち着きのあルお店がいいですね。騒々しいのは苦手です。あと、味にうルさい人物が一緒なので、紅茶が美味《おい》しいと嬉《うれ》しいです。まずい紅茶が出てくルと、露骨に態度を悪くすルので」

「ねぇ、あまり当てつけがましいことを言わないで欲しいのだけれど」

「なるほどね、そういうことだったら……」

ガブちゃんの声を受けて、鈴木君の口からいくつか店名が挙げられた。

内いくつかは彼女たちも聞き覚えのあるものだった。スラスラとお店の名前が出てくるあたり、この手の行いにかなり慣れていることが窺《うかが》える。贔屓《ひいき》にしているバーに引きこもり、碌《ろく》に店を知らないフツメンとは雲泥の差だ。

これをひとしきり聞いたところで、ローズから本命の質問が投げかけられた。

「今週末に利用するお店は、今挙げた中にあるのかしら？」

「いんや、俺らが予定しているのは普通のチェーン店だね。渋谷《しぶや》のハチ公口から出てすぐのところにある店なんだけど、たぶん、今聞いた話からすると、二人の要望には適《かな》わないんじゃないかな」

「ハチ公口というと、センター街のあたりでしょうか？」

「そうそう、たしか店名も……」

続けて伝えられたのは、二人もよく知ったチェーン店だった。

地図アプリを開けばすぐにでも場所を確認できるだろう。

「あの辺りなら、当日店が混んでても他に移ることができるしさ」

ローズやガブリエラとの会話に興が乗ったのか、以降もしばらく彼女たちは、校門前で鈴木《すずき》君から講釈を受けた。太郎助《たろうすけ》と来栖川《くるすがわ》アリスを乗せた自動車がやってきたのは、その終わりの方である。

「ありがとう、鈴木君。とても勉強になったわ」

「お礼は今度、改めてさせてもらいます」

「別にお礼なんていいよ。それじゃあ、俺はそろそろ行くね」

用事があるという話は本当のようで、鈴木君はローズとガブリエラに別れを告げると、脇目も振らずに校門前から去っていく。彼女たちはニコニコと笑みを浮かべて、その背中が見えなくなるまで見送った。

やがて先方の気配が完全に消えたところで、ローズがボソリと呟《つぶや》く。

「ところで、そこに停《と》まった自動車から視線を感じるわ」

「相変わラずお姉様はいちいち目敏《めざと》いですね」

「念《ねん》の為《ため》に確認しておきたいから、貴方《あなた》も一緒に来なさい」

「分かりました。心配性なお姉様に付き合うとしましょう」

校門に面した路上を自動車に向かって歩いていく。

傍《はた》から眺めたのなら、下校途中の女子高生以外の何者でもない。

しかし、車上からその様子を目の当たりにした太郎助は、刻一刻と近づいてくる二人の姿に胸の鼓動を速くさせる。これといって悪いことはしていないのに、一向に克服できない苦手意識が、イケメンの心をシクシクと苛《さいな》んでいた。

助手席では来栖川アリスが疑問に首を傾《かし》げる。

そうこうしているうちに、ローズとガブリエラが自動車のすぐ近くまでやってくる。彼女たちは運転席に座った人物を確認して、すぐに相手の素性に気づいた。直後にはローズが助手席のドアをコンコンと叩《たた》いてアプローチ。

互いに面識がある相手とあって、来栖川アリスはすぐに窓を下げて応じた。

第一声は路上から車内を覗《のぞ》き込んだローズとガブリエラによるもの。

取り分け前者は、運転席に座った太郎助を睨《にら》むようにジッと見つめている。

「貴方、こんなところまで何をしに来たのかしら？」

「まさかとは思いますが、彼をストーキングしていルのですか？」

「か、勘違いしないでくれ。後輩から進学相談を受けたんだ」

矢継ぎ早に追及の声が上がったところで、太郎助《たろうすけ》は言い訳を口にした。

ローズの眼差《まなざ》しに冷や汗をかきつつの受け答えである。

「助手席に座っているのは、熱海《あたみ》の温泉宿で会った子かしら？」

「髪色が印象的だったので、コレを変えルと別人のようです」

職業柄、早々にも来栖川《くるすがわ》アリスの存在に気づいたローズである。

制服姿の二人を眺めては、彼女からもすぐに反応があった。

「西野《にしの》さんと同じ学校に通っているというの、本当だったんですねぇ」

「当然でしょう？　こんなことで嘘《うそ》を吐《つ》いても仕方がないじゃないの」

「そちラの運転手が言う後輩というのは、この子のことでしょうか？」

路肩に停車した自動車のすぐ隣に立ち、ああだこうだと言葉を交わし始めるローズとガブリエラ。そのすぐ近くを同じ制服に身を包んだ生徒たちが、物珍しそうに眺めながら通り過ぎていく。

放課後になって間もない時間帯、校門付近には生徒が多く見られる。

太郎助としては、いつ正体がバレるかと気が気でない状況だ。

「と、とりあえず、話をするなら車に乗ってくれ。アンタたちは目立つ」

「あらまぁ、年若い学生をいきなり車上に誘うだなんて大胆よねぇ」

「お姉様は言うほど若くないじゃありませんか。むしろ逆では？」

「黙ってさっさと乗りなさい？」

軽口を叩《たた》きつつも、ローズとガブリエラは後部座席に収まる。

これを確認して、自動車はすぐさま走り出した。

当初の予定はどこへやら。来栖川アリスを乗せたまま車は校門の正面を過ぎて、そのまま道なりに真《ま》っ直《す》ぐ進む。やがて、路上から帰宅途中の生徒が見えなくなった辺りで、太郎助が改まった口調で言った。

「大人しく車に乗ったからには、何かしら話があるんだろう？」

「あると言えばあるわね」

「お姉様？」

運転手からの問いかけにローズは淡々と受け答え。ガブちゃんからは、そんなの聞いていませんとでも言いたげな眼差しが向けられた。そうした彼女の面前、お姉様はツラッラと話を続ける。

「ただ、話があるのは貴方《あなた》にではなくて、助手席の子なのよね」

「えっ、アリスにご用事なんですか？」

「貴方、今週末は予定が空いているかしら？」

「えっとぉ、予定は空いてますけどぉ……」

来栖川《くるすがわ》アリスは相手の立場を測りかねた様子で言葉を返す。

熱海《あたみ》で行われたアイドルのオーディション会場では、関係者スペースに入り浸っていたローズとガブリエラである。また、本日も太郎助《たろうすけ》に対して随分と偉そうな口を利いている。それなりの立場になければ不可能な芸当だ。

しかし、見た目の幼さも手伝い、まるでポジションが窺《うかが》えない。

お偉い業界関係者のお子さんだったりするのかなぁ、とは見当違いな想像だ。見返りがあるようなら、休日を共にするのも吝《やぶさ》かではない一方で、無駄に連れ回されることは避けたいとは、彼女の素直《すなお》な思いである。

「だったら少し、私たちの仕事を手伝ってもらえないかしら？」

「お姉様、まさかとは思いますが、彼を尾行でもさせるつもりですか？」

「私や貴方《あなた》では肌の色からして目立つでしょう？　絶対に気づかれてしまうわ」

「たしかにこの姿であれば、彼もすぐには気づけないとは思いますが……」

「もう一人の協力者に頼んでもよかったのだけれど、あの子のことは彼も見慣れているだろうから、気づかれやすいと思うのよね。それに引き換えこっちの子なら、まだそこまで大した間柄でもないでしょう」

二人の眼差《まなざ》しが、助手席に座った来栖川アリスに向けられる。

どうやら西野《にしの》の合コン入りに向けて、現場の監視員に抜擢《ばってき》されたようだ。ちなみにローズの言う、もう一人の協力者、とは委員長のことである。本人に了承を得ることなく、一方的に勘定していた金髪ロリータだ。

「あのぉ、あまり危ないお話はできればご遠慮したいんですがぁ」

「以前、オーディション会場で西野君に告白していたわよね？」

「もしかして、アリスたちのこと覗《のぞ》き見《み》してたんですかぁ？」

「あの行いが本心だというのなら、貴方にも決して悪い話ではないわよ？」

「……どういうことでしょーか？」

「ここから先は仕事を受けてもらえることが前提のお話になるのだけれど」

「分かりました。お話を聞かせてもらえたら嬉《うれ》しいです」

フツメンの存在をちらつかせたことで、来栖川アリスの表情が変わった。ヘラヘラとしていた笑みはスッと消えて、あっという間に真面目な面持ち。後部座席に座った二人組を振り返った。

先方の変化を確認したことで、ローズからは事情の説明が行われた。

西野の予期せぬ合コン参加と、その監視業務への勧誘である。

ただし、素直に伝えてはただのストーカーだ。

変態扱いは免れない。

そこは彼女たちの都合がいいように脚色することも忘れない。

一通り説明を受けると、来栖川《くるすがわ》アリスは合点がいったとばかりに呟《つぶや》いた。

「つまりぃ、本来なら誘われるはずもない相手から、西野《にしの》さんが合コンに誘われたことに、お二人は危機感を抱いているのですね？　ですがぁ、自分たちでは様子を見に行くことができないので、アリスにそれを頼みたい、と」

「ええ、そういうこと」

運転席に収まった太郎助《たろうすけ》としては、突っ込みの一つでも入れたくなる光景だった。合コンの一つや二つ、好きにさせてやったらどうかと。しかし、それを言ってはローズから睨《にら》みつけられること間違いない。彼は大人しく口を噤《つぐ》んでハンドルを握り続ける。

他方、来栖川アリスはローズの説明に興味を惹《ひ》かれたようだ。

「分かりました。でしたらアリスも、お二人に協力させてもらいまぁす」

「念《ねん》の為《ため》に確認だけれど、西野君はその格好《かっこう》を知らないわよね？」

「大丈夫だと思いますよー？　でも、不安ならウィッグとか変えますかぁ？」

「その辺りは貴方《あなた》の感覚に任せるわ。費用はすべてこちらで持つから、目的を遂行することを最優先に支度を行ってもらえると助かるわね。あと、ちゃんと結果を出してくれたのなら、相応の報酬も用意するわ」

「本当ですかぁ？　だったらアリス、頑張っちゃいますね！」

「差し支えなければ、この場で連絡先を交換できないかしら？」

「はーい、是非ともお願いしまぁす」

「そういうことでしたラ、私の連絡先も伝えておきましょう」

ご褒美に話題が及んだことで、来栖川アリスの顔に笑みが浮かぶ。

制服のポケットから端末を取り出して、キャッキャと賑《にぎ》やかにする三人。

こうなると黙っているには惜しいと感じてしまうのが太郎助だ。上手《うま》くいけば、西野の手助けをすることができるかもしれない。今まで以上に接点を増やせるかもしれない。そうして考えると、自然とイケメンの口は動いていた。

「なぁ、そういうことなら俺も、今週末は予定が空いているんだが……」

「貴方は彼に顔が割レています。当日は不用意に近づかないで下さい」

「というより、世間に顔が知れ過ぎているのだから、彼に限らず誰かにバレたら、合コンの監視どころじゃなくなるわよ。間違っても現場に出しゃばるような真似《まね》はしないでもらいたいわね」

「………」

しかし、残念ながら彼のワクワクは即座に切って捨てられた。

グゥの音も出ない太郎助は以後、黙って運転手に徹することになった。

〈合コン　二〉

週末、鈴木《すずき》君主催による合コン当日がやってきた。

普段より早く起床した西野《にしの》は、午前中を丸々利用して試行錯誤の末、身支度を整えた。そして、昼食を終えるや否や、住まいを共にするローズとガブリエラに見送られて、予定よりもかなり早めにシェアハウスを出発した。

ゆっくりと向かったとしても、小一時間ほど早く到着することだろう。

奥田《おくだ》さんも参加するとあって、とても気合が入っている童貞だ。

なんならこの機会に距離を縮めたい、などと息巻いている。

ちなみに本日の彼は、修学旅行でも利用した革ジャンとジーンズ、エンジニアブーツを着用している。こういうのが格好《かっこう》いいのだと信じて疑わないフツメンだ。ホスト業で利用したスーツと悩んだ末のチョイスである。化粧はしていない。

現地までは電車を乗り継いで移動。

当然ながら、ローズとガブリエラも彼を追いかけてすぐさま出発。

場所は先日、校門前で鈴木君に確認したとおりであった。目的地を同じくして、十分に距離を設けた上での移動となれば、如何《いか》に西野であったとしても、二人の存在に気づくことはできなかった。

「お姉様、最近の我々はこういう行いが増えた気がしませんか？」

「わざわざ指摘をしないで頂戴。私も気にしているのだから」

面々が辿《たど》り着《つ》いたのは、渋谷《しぶや》駅から少し歩いたところにある喫茶店だ。

比較的安価なチェーン店で、学生でも気軽に利用できる。

同所で待ち合わせの上、軽くお茶をしてから別所に移動するのが、本日初《しょ》っ端《ぱな》の予定とのこと。少なくともローズはそのようにフツメンから聞いていた。店内に入った西野は、店員に待ち合わせの旨を伝えて、空いている席に腰を落ち着ける。

そうした彼の動きに遅れること数分ほど。

ローズとガブリエラが店舗近くに到着した。

彼女たちは西野の姿を求めて、路上から様子を窺《うかが》い始める。

「ここからだと碌《ろく》に状況が見えてこないわね」

「お姉様、コレ以上の接近は彼の索敵に引っかかりかねません」

西野が入店した喫茶店とは道路を挟んで、反対側に建った雑居ビル。二人はその陰に身を隠して、フツメンの動向を窺っていた。店舗には通りに面した壁に窓が設けられている。

しかし、そこから対象の姿は確認できない。

「先日の娘とはどうなっていルのですか？」

「こちらに向かっているそうよ。そろそろ着くんじゃないかしら」

「そうなルと、あとはお姉様が用意した機材の活躍次第ですね」

ローズが肩に掛けたバッグを眺めてガブちゃんが言った。

そこにはカメラを筆頭として、監視用の機材が収められている。

しばらくすると、彼女たちの視界の隅にタクシーが停《と》まった。

車内から姿を現したのは来栖川《くるすがわ》アリスだ。

ただし、ウィッグと私服で変装しており、普段とは完全に別人である。

先日の制服姿とは打って変わって、ハイネックのセーターにオーバーオール、ダッフルコートといった地味な出《い》で立《た》ち。帽子とメガネを身につけており、ウィッグは昨日にも着用していた黒毛のものだ。

更には化粧で顔立ちを弄《いじ》っており、実年齢よりも幾分か上に見える。

「随分と上手《うま》いこと化けルものですね。コレなラ彼も気づかないでしょう」

「そりゃーもう、これでもコスプレでご飯食べてますからぁ」

互いに目が合い、相手から歩みが向けられるまでは、ローズとガブリエラも彼女が来栖川アリスであるのか否か、若干の疑念を抱いていたくらい。華やかな元のイメージとは対極にある装いだった。

「先方は既に店内で待機中よ。早速で申し訳ないけれど、機材の取り扱いをレクチャーさせてもらえないかしら？　私たちは向かいにある飲食店から、カメラ越しに様子を窺《うかが》わせてもらうから」

「はぁーい、任せて下さぁい」

ローズから来栖川アリスに装備が支給される。

雑居ビルの陰に隠れて、使い方もレッスン。

そうこうしている間にも、喫茶店には鈴木《すずき》君たちがやって来た。

現場の監視を担当していたガブリエラから二人に対して報告が上げられる。

「お姉様、ターゲットが現レました。他に男性二人と一緒です」

「私たちが知っている顔かしら？」

「少なくとも私は知りません。彼のクラスメイトとも違うと思います」

共に鈴木君と大差ない年頃の少年である。

綺麗《きれい》に整えられた頭髪や、こざっぱりとした綺麗めの私服姿からは、それなりに人付き合いが得意そうな気配が窺える。少なくともどこぞのフツメンとは、顔面偏差値も含めて月とスッポンだった。

「それじゃあ現場に向かってもらえないかしら」

「任せてくださぁい。このカメラでバッチリと現場を収めてきまーす」

二人に促されて、来栖川アリスが喫茶店に向かう。

彼女の肩にはローズが渡したバッグが下げられている。側面には隠しカメラのレンズが顔を覗《のぞ》かせており、事前に設定を入れ込んだ端末まで、撮影した映像をリアルタイムで飛ばすようになっていた。

通りを渡ったエージェントが、鈴木《すずき》君たちに続いて店内に入る。

ローズが手にしたタブレットには、その様子が鮮明に映し出された。

「通信や感度は問題なさそうね」

「ソレでは予定通リ、彼女の活躍に期待するルとしましょう」

来栖川《くるすがわ》アリスが喫茶店に入店、西野《にしの》たちのすぐ近くに席を確保する姿が端末のディスプレイに表示される。これを確認したところで、ローズとガブリエラも裏路地から移動。すぐ近くで営業している飲食店に移っていった。

◇◆◇

現場では来栖川アリスが店内に入り込んですぐに動きが見られた。

男子三名に続いて、女子三名がお店にやって来たのだ。

鈴木君以外の男子二名、次いで訪れた女子三名、西野はいずれとも面識がない。フツメンからすれば、戦線を共にする男子一同との事前打ち合わせも儘《まま》ならないうちに、女子たちとの初顔合わせとなった。

当然ながら先方のプロフィールについては一切連絡を受けていない。

「西野、奥田《おくだ》さんと一緒に来たんじゃないの？」

「すまない、鈴木君。一緒に来るべきだったろうか？」

「もしかして、本当はそこまで仲良くないとか？」

「さて、それはどうだろうな」

「……まあ、別になんでもいいけどさ」

フツメンの特徴的な格好《かっこう》について、鈴木君はスルーを決め込んだ。ヤバいので来るだろうなと危惧されていた手前、やっぱりヤバいので来てしまった西野である。それでも修学旅行で一度は目撃していた装いであった為《ため》、イケメンは喉元まで出かかった侮蔑を飲み込むことができた。

返された苛立《いらだ》たしい軽口も合わせてスルーである。

そうした彼らの傍《かたわ》ら、女子三名はキャッキャと賑《にぎ》やかにしながら席に着いていく。彼女たちの注目は出会った当初から、鈴木君に注がれて止《や》まない。彼が連れた他二名の男子と比較しても、顔立ちに優れたイケメンである。

とはいえ、残る二人も西野と比べては雲泥の差。彼らは落ち着いた態度でテーブルに臨む。既に西野が座っていた四人がけの席と、その一つ隣で空いていた同じく四人がけの席を近づけて、参加者全員が収まるように配置しての位置取りだ。

各々のポジションは、片側一列に西野《にしの》、鈴木《すずき》君、残る男子二名が順に並ぶ。

その対面に女子三名が西野側に詰めて座った。

フツメンは自らの対面に女子が率先して座ったことに驚愕《きょうがく》。実態は鈴木君を意識している女子三名が協調した結果であり、すべては奥田《おくだ》さんを西野から遠ざけたいイケメンのコントロール下にある。

これで予定の参加者は、残すところ奥田さんのみ。

空いた席を眺めた西野と鈴木君がそのように考えた直後、お店の出入り口に設けられた鐘がカランコロンと乾いた音を立てた。来客を知らせる響きを耳にして、彼らの意識もまた音が聞こえてきたほうに向かう。

すると、そこにはフツメン以上に奇抜な格好《かっこう》をした人物が立っていた。

フォーマルな雰囲気を漂わせる白いブラウスに、フロントジップのタイトなミニスカート。足元は膝上まであるロングブーツ。胸には逆十字のペンダント。そして、スネ下まで丈のある派手な襟周りのロングコートを羽織っている。

シャツとアクセサリー以外はすべて革製、しかも艶《つや》のある黒で統一されていた。

「……マジかよ」

ついつい鈴木君の口から素直《すなお》な感想が漏れる。

どこのハリウッド女優のご登場かと。

企画物のAVでこういうのあったなぁ、とも。

他の面々も驚いた面持ちで、全身レザー女を見つめている。唯一、西野だけが平然としている。似たような格好を好む人物が身近にいる手前、これといって気にならないようだ。伊達《だて》に自身も厳《いか》つい革ジャンを着用していない。

奥田さんは店内に見知った顔を二つ見つけて、意気揚々と彼らの下に向かう。

ブーツの底が床を叩《たた》くカツカツという音が、やたらと大きく面々の耳に響く。

「やぁ、君たちが本日のメンバーだね？　よろしく頼むよ」

席についた面々に対して、コートのポケットに両手を突っ込んだまま言う。

心做《こころな》しか声が震えているのは、彼女が緊張している証《あかし》だ。

よくよく見てみれば、両膝もちょっとガクガク。

鈴木君は思った。自分はせっかくの休日、こいつらと一緒に歩かないといけないのかと。

しかし、自ら企画した催しの為《ため》、途中で放り出す訳にはいかない。彼は当初の予定どおり司会進行を務めるべく、腹を括《くく》って声を上げた。

「とりあえず座っちゃってよ、奥田さん。そっち側ね」

「あぁ、承知した」

奥田さんが座ったのは、既に三名が座っていた女子側の一番隅っこ。

西野が掛けた席とはちょうど対角線上となり一番距離がある。彼女は席に着くや否や、テーブルを跨《また》いでチラチラと彼に対して視線を向け始めた。どうやらフツメンの本日のお召し物が気になるようだ。

それも満更ではない眼差《まなざ》しを向けている。

どうやら彼女的にはアリらしい。

互いに意識し合っている黒革コンビだ。

参加者が全員揃《そろ》ったところで、一同はウェイターさんに飲み物を注文。コーヒーや紅茶を片手に、本日の予定を巡って賑《にぎ》やかにし始めた。そこで交わされた自己紹介に従えば、男子二名は鈴木《すずき》君の後輩とのこと。

また、女子三名は男子二名に誘われて、この場にやって来たのだとか。

その様子を少し離れた席からコソコソと窺《うかが》っているのが来栖川《くるすがわ》アリスである。

ローズから託されたバッグを二人がけの席の対面にある椅子に配置。

隠しカメラが顔を覗《のぞ》かせた側を西野《にしの》たちに向けている。

「参加者が揃いましたぁ。カメラの角度、これでいいですかぁ？」

『ええ、その調子で撮影を続けて頂戴』

『通路を挟んで隣というのは、いくラなんでも対象に近過ぎませんか？』

「これ以上離れたら、音声が拾えないですよぉ？」

『現状キープで構わないけれど、十分に注意して欲しいわ』

「普段は自分が撮られる側なんで、こういうの新鮮ですねぇ」

セーターの襟内に付けたマイク越し、店外のローズやガブリエラとやり取りをしつつのストーキングである。耳にはイヤホンが嵌《は》められており、互いに双方向で会話が可能。それもこれもローズが持ち込ませたプロ用機材である。

手元にはタブレット。ディスプレイには最近流行《はや》りの漫画が表示されている。傍《はた》から眺めたのなら、誰かと待ち合わせ中、あるいは遊ぶ予定もなく、休日を暇にしている学生にしか見えない。

そうした彼女の眺める面前、西野たちの合コンはスタートした。

率先してお喋《しゃべ》りを始めたのは、奥田《おくだ》さんを除いた女子三名である。

「鈴木センパイってば、写真で見るよりも断然イケてますよね？」「あっ、それ私も思った！」「本物の存在感、マジ半端ないよね」「個人的にはキツめの目元が好みなんですけど」「っていうか、腕の筋肉とか凄《すご》くないですか？」

彼女たちの意識は総じて鈴木君に向けられていた。

対して西野と奥田さんは完全に空気である。

会話の場で大切なのはレディーファースト。女性のお喋りを遮るなどとんでもない。ホストクラブ勤めで異性とのコミュニケーションを学んだ前者は、彼女たちの会話を優先して、そのやり取りに耳を傾け続けていた。

他方、見た目こそオラついているが、内面は大人しいのが奥田《おくだ》さん。しかも、フツメンとは距離がある為《ため》、意中の相手に話しかけることも難しい。女子三名の勢いに負けて、口を開く機会を失っていた。

結果的に現場は鈴木《すずき》君の天下である。

「いやいや、そんな大したことないから。あんまり褒め過ぎないでよ」

「鈴木センパイ、今もサッカーやってるんッスか⁉」「自分、センパイに憧れてサッカー部に入ったくちなんスよね」「そういえば、ジムに通ってるって言ってましたよね」「前に上げてた写真、腹がバキバキで驚きましたよ」

後輩の男子二名も、そちらの流れに便乗することを決めたようだ。

センパイを利用して、女子との距離を詰めるべく会話に交じる。

しばらくやり取りを重ねたことで、鈴木君は場の主導権が自らにあることを確信。事前に打ち合わせを行っていた男子二名はさておいて、初めての顔合わせとなる女子三名についても問題はなさそうだと判断した。

こうなると西野《にしの》で遊ぶ余裕も出てくる。

当初の予定通り、鈴木君はフツメンに対してマウンティングを敢行。

「っていうか、俺ばっかりじゃなくてコイツの相手もしてやってよ」

隣に座ったフツメンを視線で指し示して言った。

直後には女子三名から疑問の声が上がる。

「さっきから気になってたんですけど、鈴木センパイの友達にしては普通ですよね」「クラスメイトって聞きましたけど、普段から一緒なんですか？」「っていうか、その革ジャンってもしかして、そっちの人と揃《そろ》えてたりします？」

いずれともフツメンの存在を訝《いぶか》しんで止《や》まない。

ここぞとばかり、鈴木君はフツメンを弄《いじ》りにかかる。

「コイツ、俺とはタメなんだけど、未《いま》だに童貞でさ？　彼女募集中なんだよ」

童貞なるワードに反応して、女子三名がキャッキャと賑《にぎ》やかになった。

続けられたのは割と遠慮のない発言。

「たしかに言われてみると、童貞って感じの雰囲気ありますよね」「失礼ですが、女の子と付き合ったことはあるんですか？」「お友達の為にわざわざ合コンまで用意するなんて、鈴木センパイって優しいですよね！」

どうやら彼女たちは性経験がそれなりにあるようだ。鈴木君の軽い態度と相まって、多少なりとも感じられたフツメンに対する遠慮が消失。こいつはイジっても構わないヤツだと、三人から判定された童貞野郎である。

普通なら気分を悪くしそうなやり取りだ。しかし、この手の軽口など彼にしてみれば日常茶飯事。なにより鈴木君の口から伝えられた内容は、すべて事実であり、本日の合コン開催に至った経緯に他ならない。

それもこれも西野《にしの》の自業自得。

むしろ、いよいよ回ってきた自身の発言ターンに、フツメンは意識を高ぶらせる。上手《うま》いこと場を盛り上げるべく、更には一人だけ寂しそうにしている奥田《おくだ》さんを会話の輪に誘い込もうと、自身の立場を棚に上げて、偉そうなことを考えている。

「あぁ、鈴木《すずき》君は本当に優しくて頼《たよ》り甲斐《がい》のある人物だ。自分などの為《ため》にわざわざ機会を用意してくれたのだからな。どれだけ感謝しても足りない。ついでに言うと、合コンもこれが初めての経験となる」

「うっそぉ、本当ですか？　合コンくらい中学生だってやってません？」「私、中二の頃には大学生の彼氏がいましたけど」「彼氏と歳《とし》が離れてると、デート代とかも全部出してくれるから美味《おい》しいんだよね」「そうそう、マジそれ」

やたらと打たれ強いフツメン。

それでも鈴木君は負けじと攻勢を示す。

どうにかして奥田さんの面前で、西野に醜態を晒《さら》させるべく奮闘。

「なんだよ西野、女の子にめっちゃ頼られてるじゃん」

「そういうことなら、本日の支払いは自分が持とう」

すると調子に乗ったフツメンが驕傲《きょうごう》なことを口走り始めた。

鈴木君としては、眉唾ものの物言いである。

軽くジャブを打ったつもりが、綺麗《きれい》にカウンターが入った形だ。

「はぁ？　お前それマジで言ってる？」

「後輩に財布を出させる訳にはいかない。男の甲斐性《かいしょう》というものだ」

昨日には合コンへの出席に向けて、近所のコンビニで軍資金を下ろしていた西野である。ノーブランドの安物の財布には、万札がぎっしりと詰め込まれていた。高級店に入っても問題のない厚みが、ズボンのポケットを膨らませている。

「本日っていうことは、ここを出てからも持ってくれたりするんですか？」「もしかして西野さん、お金持ちだったりします？」「女子だけでも四人いますし、それなりの額になると思うんですけど」

フツメンのATM宣言を耳にして、女子三名の声色には若干の変化が見られた。

モテ非モテの議論はさておいて、財布の厚みは彼女たちにとって正義であった。

このままではいけない。

鈴木君は隣に座った男子二名に視線で合図を送った。

彼らはセンパイの意思を即座に汲《く》み取《と》り、揃《そろ》って口を開いた。

「ちょっと待って下さいよ、西野さん。鈴木センパイのお友達に無理をさせる訳にはいかないッスから」「そういうことだったら俺らも手伝わせてもらいますから。むしろ、このままだと自分らの立つ瀬がないじゃないですか」

後輩の発言を確認。

満を持して鈴木《すずき》君が提案をする。

「それじゃあ、女子の分は男子が持つってことで」

西野《にしの》の財布から話題を引《ひ》っ剥《ぺ》がす作戦。

もし仮にフツメンの話が本当であったとしても、そうはさせるかとフォーメーションを組んで挑む。男子四人で分担すれば、一人頭はそこまでもない。女子三名のレベルが高いことも手伝い、彼らは本日の必要経費と腹を括《くく》った。

先方からは次々と気分の良さそうな声が上がる。

「本当にいいんですか？　そんなの申し訳ない気がしますけど」「鈴木センパイのお知り合いって、男気に溢《あふ》れた方が多いんですね―」「センパイみたいなイケメンに奢《おご》ってもらえるとか、きっと一生の思い出になります」

ところで同所には一人だけ、西野に温かな眼差《まなざ》しを向ける人物がいた。

そう、奥田《おくだ》さんである。

処女の彼女としては、渦中に仲間を見つけたような気分だった。性経験の有無が話題に上がったことで、居心地の悪さを覚えていた次第である。そこへ堂々の童貞参上。これまで感じていた仲間意識に追加して、ポイントがプラスワン。

そこで彼女はワンテンポ遅れて、フツメンの援護に向かうことを決めた。

「ところで皆さん、斯《か》く言う私も実は処女でね」

西野が上手《うま》いこと童貞トークをやり過ごしてからの、処女をカミングアウト。

皆々の声が途切れた瞬間を狙って、斯くも言ってしまった奥田さん。

処女なる自己主張が、やけに大きなものとして店内に響く。

間髪を容《い》れず、お前は何を言っているんだ、と訴えんばかりの眼差しが女子三名のみならず、西野を除いた男子三名からも向けられる。鈴木君に至っては、こいつ、西野よりもヤバいんじゃね？　と言わんばかり。

「西野君、人生はなにも性経験がすべてではない。気にしないことだ」

奥田さんこそ、他の誰よりも気にしているのが丸分かりの発言だった。

一瞬、テーブルを囲んだ面々の間で会話が失われた。

静寂を破ったのは、彼女から見つめられた人物である。

「ありがとう、奥田さん。自身もそのとおりだと思う」

「そもそも処女や童貞といった概念は、どうして生まれたと思う？」

「すまない、知見が及ばないので教示を願ってもいいだろうか？」

「両者は元来、宗教的な在り方の一つとして扱われていたに過ぎない。生物として性器の具合が示す価値は、むしろ性交経験の浅い方が上等であると考えられていた期間の方が遥《はる》かに長く、我々人類のペニスやヴァギナは……」

これまで黙っていた分を挽回《ばんかい》するかのように、奥田《おくだ》さんがお喋《しゃべ》りを始めた。席が離れた西野《にしの》と会話のパスが繋《つな》がったところで、これを維持しようと必死である。矢継ぎ早にあれやこれやと薀蓄《うんちく》を披露し始める。

他の面々からすれば、公衆の面前で聞くには抵抗のある語りっぷり。

端々に入り込んだ十八禁ワードが、店内の他のお客様にまで響く。なんなら彼らを監視していた来栖川《くるすがわ》アリスも、これには寸感を漏らした。

「ローズさぁん、若干一名、パンチの効いた方が入り込んでいませんかぁ？」

『西野君の同級生よ。クラスは違うけれど、毎日彼の下へ足を運んでいるわ』

『言動は少々変わっていますが、話してみルと存外のこと素直《すなお》な人物ですよ』

「確認ですが、彼女はどういったポジションにあるんですかぁ？」

『多分、彼の前で他所《よそ》の男に寝取らせせようという腹づもりじゃないかしら？』

「だとしたら、あちらさんは放っておいても大丈夫なんじゃないですかねぇ」

こうなると鈴木《すずき》君も黙ってはいられない。

できれば触れたくないとは思いつつも、西野に対応を任せては、どうなるか分かったものではない。自ら誘ったという経緯も手伝い、彼はゾーンに入ってしまった処女に対して、待ったの声を上げた。

「奥田さん、ごめん、そろそろ場所を移動しない？　時間の都合もあってさ」

「えっ？　あ、う、うん。そうだね。それがいいと思う」

イケメンから直々に言われたことで、奥田さんは大人しくなる。

身に染み付いた対応は、下層カーストがゆえのもの。

彼女の背景を知らない女子三名、男子二名にとっては、全身レザー女がどういった人物であるのか、判断を下すのに十分なトークタイムであった。できる限り話を振らないようにしよう、とは彼らに共通した見解である。

◇◆◇

場所の移動を決めてから、鈴木君は支払いを口実にして席を立った。

女子三名に主張した通り、全額の支払いを申し出た西野に対しても、後で割り勘な、と短く告げてのこと。時を同じくしては、後輩の男子二名がトイレに行ってくると呟《つぶや》き、鈴木君に続いてテーブルを後にした。

そうして合コンの席から離れた彼らは、同店の男子トイレで合流。

今後の予定について話し合いを始めた。

「鈴木センパイ、自分ら嫌ですよ。あんな変なのにこっちからアピるとか」

「センパイと同い年でアレってヤバくないですか？」

　男子二名は事前に鈴木《すずき》君から、本日の合コンの趣旨について簡単な説明が為《な》されていた。曰《いわ》く、クラスメイトの女子を軽く寝取って欲しい云々《うんぬん》。お膳立てが頂けるならと、軽い気持ちで参加の意思を見せた彼らである。

　しかし、いざやって来たのは言動のおかしな全身レザー女。

「服装はちょっと変だけど、見た目はかなりイケてると思わない？」

「万が一にも懐かれたら、堪《たま》ったもんじゃないですよ」

「そうッスよ。やたらと行動力に満《み》ち溢《あふ》れてそうな雰囲気あるし」

　つい今しがたにも目の当たりにした奥田《おくだ》さんの言動は、彼女がどういった存在であるのかを男子二名に伝えていた。こいつは関わり合いをもったら損をするタイプの女であると、初見で見抜いた男子二名である。

「……そうだよな。うん、ごめん」

　後輩から突き上げを受けて、鈴木君は素直《すなお》に謝った。

　自身が同じ立場にあったのなら、絶対に断っていただろうイケメンだ。

　そうした彼の反応を目の当たりにして、二人からは矢継ぎ早に意見が上がる。

「っていうか、普通にお似合いじゃないッスか？　あちらのレザーな二人」

「あの人たちとはここで別れて、自分らは自分らで楽しみませんか？」

「おこぼれくれるって約束したじゃないッスか。大勢で楽しみましょうよ」

「自分らが連れてきた三人、普段は誘ってもなかなか応じてくれないんですよ」

「それが鈴木センパイの名前を出したら、やたらと簡単に話が通ったんッスよね」

そのように言われると、鈴木君としても色々と思うところが出てくる。

さっさとネタをバラして、個人的な幸福を追求するべきではないかと。西野《にしの》相手に必死になって、どれだけの価値があるのかと。委員長と付き合う為《ため》、元カノと別れて久しい鈴木君だ。激減したエッチの機会が、下半身の都合を優先した決断を迫る。

「…………」

何故《なぜ》ならば、後輩が誘ってきた女子三人はレベルが高かった。

できることなら美味《おい》しく頂きたいとは、出会い頭にも感じていた鈴木君である。フツメンを弄《いじ》るのはいつでもできる。しかし、本日出会った彼女たちとは、顔を合わせる機会も限られている。

「お前らの言うことは分かったよ。じゃあ、そういう感じでいくか」

「よっしゃ、流石《さすが》は鈴木センパイ！　そういうところ最高ッスよ」

「移動のタイミングで仕掛けません？　自分らフォローしますんで」

男子三名の間で、西野と奥田さんを放流する作戦が話し合われる。

時間にして数分ほどだろうか。

ややあって、方針をまとめた彼らがトイレを出た直後のこと。

それまで利用中であった個室から人が現れた。

来栖川《くるすがわ》アリスである。

彼女は周囲から人気《ひとけ》が消えたことを確認して、男子トイレを脱する。そのまま客室の連なるフロアに移動。すると視界の隅ではテーブルを立って、店外に向かわんとする鈴木《すずき》君たちの姿があった。西野《にしの》と奥田《おくだ》さんも末尾に連なっている。

男子三名に動きがみられた直後、先んじてトイレに移動していた彼女だった。

「だそうですよ、ローズさぁん」

『貴方《あなた》、アイドルなのでしょう？　男子トイレにまで入り込むとは思わなかったわ』

「こうした場合に備えて、オーバーオールを着てきたんです。帽子で頭を隠しちゃえば、意外とバレないですよ？　まぁ、女子トイレが混んでて漏れそーだったんです、とかなんとか言えば、私くらいの女の子なら問題なしです」

マイク越しローズたちと会話をしつつ、来栖川アリスはテーブルに戻る。

そして、自らも店を出るべく荷物をまとめ始めた。

『いずれにせよ、事前に見えていたところに落ち着いた感があるわね』

『放逐されたた彼を誘い、映画を見に行きませんか？　見たい作品があります』

『ちょっと貴方、そういう話はこの場でしないで欲しいのだけれど』

「あっ、そういうことだったらアリスも最後までご一緒しまーす」

鈴木君たちのやり取りを確認したことで、既に仕事は終えたとばかり。彼女たちもまた、今後の予定を巡って賑《にぎ》やかに言葉を交わし始める。やがて、西野たちが店外に出たタイミングで、来栖川アリスも会計を行い、喫茶店を出発した。

◇◆◇

喫茶店を発《た》った鈴木君たちは、早々にも西野と奥田さんの対処に動いた。

次なる目的地に向かう道すがら、路上を歩きつつのやり取りである。他に人通りも多いセンター街、目当てとするカラオケ店は徒歩で数分ほどの距離にあった。イケメンはその間に勝負を仕掛けることにした。

「西野、ちょっといいか？」

「なんだ？　鈴木君」

「お前、奥田さんのことが気になるんだろ？」

奥田さんから距離を取りつつ、鈴木君は西野に小声で尋ねた。

先方からは例によって少し気取った物言いで返事があった。

「……気になっていないと言えば、嘘《うそ》になる」

「俺らがお膳立てしてやるから、二人で楽しんでこいよ」

何気ないやり取りに苛立《いらだ》ちを溜《た》めつつ、イケメンは言葉を続ける。

彼としては、甚だ不本意な行いだ。

二人の関係を壊してやろうと企《たくら》んでいた当初の目的を思えば、真逆となってしまった合コンの開催である。しかし、西野《にしの》と奥田《おくだ》さんをまとめて放逐するとしたら、これが最も効果的であることは彼も理解していた。

直後には後輩二人からも声が上がる。

「奥田さんも西野さんのこと、絶対に意識してると思うんですよね」

「自分らの見立てじゃあ、あれは軽く押せばころっといきますよ」

西野にしてみれば、非常に都合のいい提案だった。

ここ数日の交流から、彼の意識は奥田さんに向けられて止《や》まない。本日出会った女子三名も可愛《かわい》らしくはあるが、彼女たちの興味が鈴木《すずき》君に向けられていることは、コミュ障の童貞であっても把握していた。

しかし、そう言われると素直《すなお》に頷《うなず》くことが憚《はばか》られるのが西野である。

「だが、せっかく鈴木君が自分の為《ため》にセッティングしてくれた合コンだ」

「いやいや、遠慮するなって。俺ら同じクラスの仲間だろ？」

「仲間だからこそ、自分ばかり美味《おい》しい目を見るというのは気が引ける」

自分が同じ立場だったら絶対に帰る。

鈴木君と男子二名は強く思った。

けれど、フツメンは合コンへの同行を主張。

これはこれでクラスメイトと共に過ごす休日を楽しんでいる西野だ。鈴木君の後輩を紹介されて、交友関係にも広がりが見られそうな予感。更に奥田さんが同行しているとあらば、彼女との二人きりを天秤《てんびん》にかけても釣り合いが取れた。

生まれて初めての合コンに気分が高ぶっている青春大好き野郎だ。

そして、西野が同行するとあらば、奥田さんももれなく付いてくる。

竹内《たけうち》君が目撃したのなら、言わんこっちゃない、と溢《こぼ》さずにはいられない光景。

「いやいやいや、俺らのことは気にしなくていいから、な？」

「そうっスよ。自分らのことなんて気にしないで下さいよ」

「もしよかったら、近くにあるホテルの割引券とかどうですか？」

後輩二名のうち一人が、財布から取り出したチケットを西野に差し出す。宿泊なら千円オフ。休憩でも五百円オフ。平日休日問わずにお使い頂けます。深夜一時以降は更に三割引、なる字面がフツメンの目に飛び込んできた。

「悪いが彼女とはまだそこまでの関係ではないんだ」

「だから今日のタイミングで仕掛けたらどうかって言ってるんだよ」

どこまでもストイックな童貞の発言。

思わず声を荒らげそうになった鈴木《すずき》君。

そうしたやり取りを来栖川《くるすがわ》アリスは少し離れて眺めていた。

喫茶店を出た直後、コートと帽子を変えてイメチェンを図った彼女は、彼らの後方数メートルのポジションを付けている。ダッフルコートに代えて大きめのセーターとジャケットを着用したのなら、オーバーオールもジャケパンに早変わり。

「西野《にしの》さん、ちょっと感性が変わってますよねぇ」

『そうかしら？』

「やたらと打たれ強いっていうか、今も平然としてませんかぁ？」

『あれは多分だけれど、クラスメイトと休みの日を一緒に過ごすことができて、楽しくて仕方がないときの表情じゃないかしら？　なんなら女子からの弄《いじ》りも、円満な交流だと考えている節があるわね』

「えっ、なんでそうなるんですか？」

『それは本人に聞いて頂戴』

『強い害意に慣レてしまうと、多少の悪意は気にならなくなルものですよ』

「たしかに私も、匿名で送られてくるアンチの批判とか、割と気にしてないかも」

ローズとガブリエラは彼女から離れること、十数メートルの地点を物陰に隠れつつ移動している。間に建物などを挟むことで、西野の視界に入ることがないよう、努めて意識しつつのストーキングである。

人通りも多い界隈《かいわい》とあって、今のところ来栖川アリスも含めて気づかれてはいない。

そうこうしているうちに、目当てとするカラオケ店が見えてきた。交渉に当たっている鈴木君は、このままでは不味《まず》いと焦り始める。店内に入ってしまうと、放逐の難易度は殊更に上昇するだろう。

そんな彼の視界にふと、フツメン以上に危うい存在が映った。

「っ……」

二年A組のクラスメイトにして、昨今では鈴木君の天敵。

松浦《まつうら》さんである。

先方はカラオケ店に向かう彼らとは、ちょうど反対側から歩いてきた。

行く先に西野たちの姿を見つけて、自然と彼女にも反応が見られる。

「あれ、西野君と奥田《おくだ》さん？　っていうか、どうして鈴木と一緒なの？」

「松浦さん、このような場所で会うとは奇遇だな。休日に買い物か？」

彼女はフツメンの姿を確認したことで、合コン参加者の下まで足早に歩み寄ってきた。

ここ最近の松浦さんにとって、西野は獲物に他ならない。隙あらば自慢のお股を開いて、手籠《てご》めにしてやろうと企《たくら》んでいる。

「西野《にしの》君に紹介してもらった事務所の養成所、この近くでしょ？　レッスンまで少し時間があるから、ご飯を食べるついでにフラフラしてただけ。っていうか、そっちこそ珍しい組み合わせだよね？」

「いやなに、鈴木《すずき》君に合コンをセッティングしてもらったものでな」

「えっ、なんで合コン？　鈴木が西野君や奥田《おくだ》さんと？　意味が分からない」

ちょっと誇らしげに語ってみせるフツメン。

松浦《まつうら》さんは驚きから目を見開いた。

その眼差《まなざ》しはすぐさま鈴木君に向けられる。

これには合コンの参加メンバーからも注目が集まった。鈴木君が立ち止まったことで、西野と奥田さんのみならず、女子三名と後輩の男子二名も足を止める。その視線は松浦さんと鈴木君の間で行ったり来たり。

そうした周囲からの注目に構わず、松浦さんは堂々とお喋《しゃべ》りを続ける。

「奥田さん、合コンとかそういう浮いた趣味はないと思ってた」

「いやなに、鈴木君から是非どうかと誘われたのだよ」

「……マジ？」

「何事も経験さ、松浦さん」

「…………」

ふぁさぁと髪を掻《か》き上《あ》げて奥田さんは語った。リア充っぽいイベントに参加したことで、ちょっと態度が大きくなっている不思議ちゃん。その心中を的確に見抜いた松浦さんの額には、苛立《いらだ》ちから青筋が浮かんだ。

当然ながら他の面々からも疑問の声が上がる。

取り分け女子三名からの反応は顕著だ。

彼女たちからすれば、目当てとするイケメンの知り合いと思《おぼ》しき人物。それもかなり肉体的に恵まれた女性である。控えめな装いを止《や》めた最近の松浦さんは、アイドルとして通用する程度には魅力的だった。

「鈴木センパイ、お知り合いですか？」「西野さんともお知り合いっていうことは、学校のお友達だったりするんでしょうか？」「もしかして、前に付き合ってた彼女さんだったりします？」

矢継ぎ早に上げられたのは、鈴木君との関係を探る言葉の数々。

鈴木君としては勘弁してもらいたい展開である。

「知り合いっていうか、西野と同じでクラスメイト。絡みもほとんどないから」

「そうかな？　ここ最近、鈴木とは接点が増えたような気がするんだけど」

「接点っていうか、偶然顔を合わせる機会が重なっただけだと思うよ」

こうなると西野や奥田さんを放流するどころではない。さっさと別れてカラオケ店に逃げ込むべく、鈴木《すずき》君は対応に臨む。しかし、そうした彼の思惑を見透かしたように、松浦《まつうら》さんは率先して彼に粘着する。

「うわぁ、酷《ひど》い。鈴木ってば本人の前なのにそういうこと言っちゃう？」

「だってそうでしょ？　松浦さんと俺の関係って他に何かある？」

「人のことヤリ捨てておいて、それはないんじゃないかなぁ」

「っ……」

松浦さんのサディスティック暴露タイムが始まった。

これはいい玩具《おもちゃ》を見つけたと言わんばかり。

ニチャァと浮かんだ悪そうな笑みが、鈴木君を捕らえて離さない。

「人聞きの悪いこと言わないでよ、俺ら付き合ってもいないじゃん」

「付き合いっていえば、委員長とはどうなってるの？」

「それこそ松浦さんには関係なくない？」

「委員長と付き合う為《ため》に彼女とも別れたのに、合コンとかしてるんだもん」

「それとこれとは別の話だから。さっきも西野《にしの》のヤツが言ってただろ？　この合コン、西野に頼まれてセッティングしたんだよ。だから、委員長との件はまた別の話っていうか、この場とは関係ないの」

「そもそも西野君の為にっていうのが意味不明なんだけど」

「松浦さんは知らないと思うけど、中間試験でタケッちゃローズちゃんなんかと一緒に賭けをしてたんだよ。点数の低いヤツが高いヤツの言うことを一つ聞くって感じ。それで西野から合コンをせがまれたってわけ」

鈴木君は必死で守りに入る。

後輩の面前とあって、無様な姿は晒《さら》せない。

お持ち帰りがかかった女子の前とあれば尚《なお》の事《こと》。

結果、西野からもフォローを受ける始末。

「松浦さん、この場でプライベートな話題は控えた方がいいと思うのだが」

「どうせ鈴木に遊ばれてたんでしょ？　だったら私と遊ぼうよ、西野君」

「決してそのようなことはないが……」

また、松浦さんとの遭遇を巡っては、奥田《おくだ》さんからも声が上がった。

それは出会い頭にフツメンとの間で交わされたやり取りへの追及。

「松浦さん、事務所とか養成所って聞こえたけど、それってもしかして……」

「ここだけの話、デビューが近いんだよね。最近、休日はずっとレッスンしてる。それもこれも西野君のおかげなんだけどさ。っていうことで、西野君、お礼にレッスンまでの間、私におもてなしをさせてよ」

「いや、おもてなしも何も、自分は合コンの最中なんだが……」

鈴木《すずき》君としては、西野《にしの》が松浦《まつうら》さんに付いていくなら、それはそれでアリだった。なんなら奥田《おくだ》さんも一緒に引き取ってくれないかと考えている。

「そういうことなら、二人のことはお持ち帰りしても構わないけど？　こっちは西野の為《ため》を思ってやったことだし、松浦さんが相手をしてくれるなら、その方がコイツだって楽しめるんじゃないか？」

「鈴木ってば、奥田さんのこと私に押し付けようとしてない？」

「そんなことないって。あと、合コンするなら男女で数を揃《そろ》えないとだし」

そして、こうなると黙って見てはいられない人物がいた。

路上で立ち話をする彼らから少し離れた地点。

一連のやり取りを盗み聞きしていた来栖川《くるすがわ》アリスが呟《つぶや》いた。

「ローズさん、すみませんが監視のお仕事はここまでとさせて下さーい」

『ちょっと、どういうつもり？』

「松浦さんに西野さんを寝取られる訳にはいきませんので」

口元のマイク越し、離れて待機したローズとガブリエラに伝える。

天敵の登場を目の当たりにして、来栖川アリスは即座に動いた。建物の陰に身を隠すと共に、手にしていた鞄《かばん》を足元におく。そして、ウィッグを外したり、ウェットティッシュで化粧を落としたりと、急ぎで身支度を始める。

『この場で変装を解いて、一体何をするつもりですか？』

『貴方《あなた》、まさか彼のところに行くつもりじゃないでしょうね？』

「あの人が西野さんの助力を得てしまったら、業界は由々《ゆゆ》しき事態ですよぉ」

彼女からすれば、業界のキーパーソン的な位置づけのフツメン。その権力が松浦さんの手中に収まったのなら、自らの進退も分かったものではない。あのような腐れ外道に西野を渡してなるものかと、即座に判断を下したようだ。

『待ちなさい、それは認められないわ。あまりにも不自然じゃないの』

「ご安心くださぁい。言い訳はちゃーんと考えてありますから」

無線越しにローズからは繰り返し制止の声が上がる。

これに構わず来栖川アリスは通りに飛び出していった。

ピンク色の髪を揺らして、西野たちの下へ真っ直《ます》ぐに向かう。

その姿を目の当たりにして、一部からチラホラと視線が向けられ始めた。都内の繁華街であっても滅多《めった》に見当たらない派手な髪色。その色合いに引かれた視線のいくらかは、彼女の顔を知っていた。

やがてはあちらこちらで、その名前が交わされ始める。

「アレ、来栖川アリスじゃない？」「なにそれ、どちら様？」「たしか、コスプレかなんかで有名な子じゃなかった？」「アイドルデビューとか話題になってたよね」「タロー様と一緒にテレビに映ってた子？」「かなり小柄なんだね」「まだ中学生って話じゃなかったっけ？」「いくらなんでも若すぎない？」

これは西野《にしの》たちも同様であった。

いの一番に気づいたのは松浦《まつうら》さんである。

「げっ……」

彼女は視界の隅に知り合いの顔を確認して、露骨に顔を顰《しか》めた。

他の面々の注目も来栖川《くるすがわ》アリスに向かう。

そして、彼らが何をする暇もなく、彼女は先んじて声を掛けた。

「松浦さぁん、こんなところで何をしているんですかぁ？」

「それはこっちの台詞《せりふ》なんだけど。今日は休暇とか言ってなかった？」

「予定が潰れちゃったんで、これからレッスンに行こうと思いまぁす」

「素直《すなお》に家で休んでいればいいじゃん」

「後輩からの突き上げが激しいから、アリスも頑張らなきゃなんですよー」

「デビューしたばっかりなのに、もう先輩面とかヤバくない？」

「だって松浦さん、まだデビュー前じゃないですかぁ。アリスのが先輩です」

西野たちの下を訪れた彼女は、最初に松浦さんへアプローチ。

公衆の面前、フツメンとの関係を危ぶまれる訳にはいかない。つい今しがたにも松浦さんが口にしていたのと大差ない説明は、彼女の勤め先を思えばそこまで不自然ではない。職場の同僚を利用して、上手《うま》いこと会話の輪に交じった。

「もしやとは思いますが、松浦さんもこれからレッスンですかぁ？」

「だったら何？」

「せっかく会ったんですから、一緒に行きましょーよ」

「それって私に何の得があるの？」

「アリスと一緒にいたら、きっと松浦さんも話題になりますよぉ？　先輩から後輩に粋な計らいでーす。それとも松浦さんはアリスと仲良くするのが嫌なんですかぁ？　だったら無理にとは言いませんけど」

「…………」

そう言われると、松浦さん的には色々と考えてしまう。西野との接点より、今は来栖川アリスとの交流を優先するべきではなかろうかと。フツメンとの交友は、学内でいくらでも育むことが可能だ。

そうした後輩の心中を測りつつ、来栖川アリスは言う。

「西野さん、松浦さんのことお借りしてもいいですかぁ？」

「ああ、それは構わない」

「なんだったら、西野さんもご一緒しても構わないんですが」

「いいや、こちらはこちらで他に予定があるのでな」

来栖川《くるすがわ》アリスから西野《にしの》に対して声が掛けられた。

これが外野からすれば、思いのほか親しげなものだ。

その光景を目の当たりにして、女子三名に反応が見られた。

「あの、来栖川アリスさんですよね？　一昨日《おととい》、テレビで特集を見ました」「西野さん、まさか来栖川アリスさんとお知り合いなんですか？」「そちらのクラスメイトの方も、もしかしてアイドルだったりするんですか？」

鈴木《すずき》君に向けられていた注目が来栖川アリスとフツメンに移った。

西野はこれに淡々と応じる。

「知り合いという程じゃない、共通の知人がいる程度だ」

「それじゃあ、アリスたちはこれで失礼しますねー」

周囲に人目も多い界隈《かいわい》、アリスを気遣っての対応だった。

彼女もこれに甘えて、松浦《まつうら》さんを連れてエスケープせんとする。

一連の様子を遠くから眺める金髪ロリータは、そういうことなら仕方がないわね、とかなんとか腹の中で語りつつ、彼女の行いを見守る。松浦さんと西野を引き剥がしたいという先方の思惑が本当であったことを理解したようだ。

そうした直後のこと。

幾分か離れた路上から賑《にぎ》やかな喧騒《けんそう》が伝わってきた。

同所では少なからず目立っている来栖川アリス。これとは比較にならないほどの賑《にぎ》わいが、喫茶店を発《た》ってから彼らが歩いてきた側より、フツメンたちが立ち話をしている界隈に向けて移動してきていた。

中程に存在する何かを巡り、分厚い人垣が形成されている。

パッと見たところ、大半は若い女性である。

それがゆっくりと歩道を道なりに移動していた。

「西野君、なにやら街が騒々しいようだ」

「テレビの中継でも来ているんじゃないか？」

「に、西野、奥田《おくだ》さん、さっさとカラオケに入ろうぜっ!?」

奥田さんとフツメンの何気ない呟《つぶや》きを受けて、鈴木君が焦り始めた。

勝負服でバッチリと決めた黒革コンビ。二人と一緒にいるところをテレビに映されたりしたのなら、鈴木家末代までの恥である。学校で話題に上がったりしたら目も当てられない。慌てた鈴木君は当初の目的を放り出して、彼らをカラオケ店に誘《いざな》う。

そうした彼らの心配とは裏腹に、姿を現したのは西野の知り合いであった。

「よ、よぉ、西野。こんなところで会うとは奇遇だな？」

カラオケ店の正面まで移動した人垣の間から、見知った人物が顔を覗《のぞ》かせた。

周りを囲っている人々より頭が抜けて見える長身の持ち主だ。丁寧にアイロンの当てられた高そうなスーツを着用しており、目元にはサングラス。更に口元をマスクで隠してはいるものの、フツメンは先方の素性にすぐ気づいた。

「……アンタ、奇遇もなにもどうしてここにいる」

太郎助《たろうすけ》である。

ローズとガブリエラから西野《にしの》の予定を確認したことで、ついつい現場に足を向けてしまった彼だ。それが集合場所となっていた喫茶店に移動している途中、いつの間にやら人に囲まれていた。

松浦《まつうら》さんや来栖川《くるすがわ》アリスとの遭遇だけでも奇遇に次ぐ奇遇。

あまりにも不自然な知人一同の登場には、フツメンも疑問を抱かざるを得ない。

「ちょいと飯を食いに出たところ、どこかで見たような顔が歩いていたからな」

「アンタほどの稼ぎがあれば、もっと静かなところで落ち着いて食えるだろう」

「堅苦しい店は苦手なんだ。通い慣れた店の味が懐かしく思うこともある」

ここ最近になってより一層、口調を西野に寄せてきたイケメンだ。先日には来栖川アリスからも、タローさん、まさかとは思いますが、西野さんのこと意識してますか？　などと突っ込みを受けること度々。

本人は必死に否定している。

「それはまた贅沢《ぜいたく》な話もあったものだな」

「だが、おかげでこうしてアンタと会えた」

「会ってどうする。用があるなら電話なり何なりで済ませればいい」

「えっ……し、してもいいのか？　電話……」

　合コンの参加メンバーからも、太郎助の登場を受けて声が上がり始めた。

　取り巻きの間で口々に交わされるタローさんなる呼び名が、目の前のサングラスとマスクで顔を隠した人物の素性を如実に物語っていた。また、そうなると気になるのは、何故《なぜ》か先方と偉そうに口を利いている西野の存在。

　ローズによる段取りや、来栖川アリスの奮闘も台無しである。

「お姉様、監視役の保護者が現場で対象と賑《にぎ》やかにしています」

「本当にどうしようもないわね……」

「どうしますか？」

「闖入者《ちんにゅうしゃ》の口から私たちの存在がバレる前に、先んじて合流しましょう」

「監視していたことを知ラレたラ、色々と疑わレてしまいますね」

「そうならない為《ため》にも、こちらから説明に赴くのよ。素直《すなお》に事情を説明すれば、きっと理解を示してくれることでしょう。まあ、私たちが何を語ったところで、杞憂《きゆう》だと言われるとは思うのだけれども」

「彼の学校好きは筋金入リですから、その辺りでバランスが取レル気がします」

こうなっては合コンも何もあったものではない。

先んじて現場に突撃した来栖川《くるすがわ》アリスに続き、ローズとガブリエラも合流を決めた。建物を挟んで別の通りから、カラオケ店の軒先が並んだ通りに移動。太郎助《たろうすけ》の来訪を受けて人口密度の増した界隈《かいわい》が、彼女たちの目にも入ってくる。

「しかし、お姉様はソレでいいのですか？」

「どういうことかしら？」

「言葉通リの意味です」

「それが分からないから聞いているのだけれど」

「近い将来、私と彼が互いに愛し合っていル前で、寂しそうに指を咥《くわ》えていルお姉様の姿が想像さレます。もしくは行為を終えてシャワーを浴びル私たちの為《ため》に、一人でせっせと食事の支度をしていル姿が」

「もしも同じことをまた口にしたら、そのときは遠慮なく撃つわよ？」

なんだかんだと偉そうなことを吐き散らかしつつも、陰ながら見守るばかりが板についたお姉様。一向に進展が見られない二人の間柄を思い、ガブリエラは伝える。コイツ、実は振られるのが怖くて、二の足を踏んでいるんじゃなかろうかと。

「できもしないことを語ルのは、流石《さすが》にどうかと思いますが」

「寝込みを襲うわ」

「……ソレはちょっと恐ロしいですね」

通りを歩いている間にも、車道をタクシーが何台か通りかかる。

内一台は空のワゴン車だった。

これを呼び止めたローズは、ガブリエラと共に後部座席へ乗り込み、騒動の只中《ただなか》に向かうよう指示を出した。運転手は露骨に顔を顰《しか》めたが、お客の頼みとあらば断る訳にもいかない。素直《すなお》にハンドルをカラオケ店に向かい切った。

車道にまではみ出した人垣。

タクシーはその傍《かたわ》らにピタリと停車した。

ローズが歩道に面したドアを開けると、先方からは早々に反応が。

「まさかとは思うが、アンタたちが原因か？」

車内にローズとガブリエラの姿を確認して、西野《にしの》が言った。

これはどういうことだと、訴えんばかりの眼差《まなざ》しを向ける。彼女たちまでやって来たとあらば、フツメンとしても色々と思うところが出てきたようだ。その傍らでは顔色を青くした太郎助が人知れず身を震わせる。

「とりあえず、乗ってもらえないかしら？　事情は車上で説明するわ」

「お姉様は貴方《あなた》のことが気になっていルのですよ、西野五郷《ごきょう》」

「ちょっと、何をいきなり口走っているのかしら？」

「どういうことだ？」

「仲のいい友人が、自分たちを差し置いて合コンに参加したラ、色々と勘ぐったリすルものではありませんか？　お姉様の場合は、そレが少しばかり行き過ぎてしまったきラいがありますが、根底にあルものは同じだと思います」

　ガブちゃんがいいことを言った。

　これが思いのほか、西野《にしの》の心に響いた。

　自身の合コン参加を巡って友人が忙《せわ》しなくしていたとあらば、それはそれで青春っぽい感じが、意外と悪い気のしないフツメンだった。むしろ、こうして迎えた本日の催しが、より一層、貴重な経験として思えてくる。

「たしかに、その感覚は分からないでもない」

　フツメンは顎に手を当てたりして、ふむりと小さく頷《うなず》いた。

　それならとローズも、ガブリエラの発言に乗ってみる。

「もし仮にそうだとしたら、私たちは貴方《あなた》に嫌われてしまうのかしら？」

「いいや、そこまでは言わない。不躾《ぶしつけ》なことを聞いてしまったな」

　これまた苛立《いらだ》たしい反応が戻ってきた。

　やたらと気取った物言いに、居合わせた面々は反感も一入《ひとしお》。ただし、ローズに限っては不幸中の幸い。ストーキングの事実を上手《うま》いこと誤魔化《ごまか》すことができた上、フツメンの合コン参加を開始から間もなく阻止することに成功。

「本当かしら？　貴方とは今後も仲良くやっていきたいのだけれど」

「最近のアンタの行いには、自身も助けられることが多い。そういった意味では、素直《すなお》に頷いておくべきではないかと判断した。こちらの言葉が信じられないというのであれば、また今晩あたり食事でもどうだろうか？」

「あ、あらそう？」

更には予期せず示された好意に、思わず胸を高鳴らせてしまうローズ。

ここ最近、西野の彼女に対する態度は軟化の一途を辿《たど》っている。

そして、こうなると彼も合コンの継続を諦めざるを得ない。

今年の文化祭、ローズの手引きによって得た軽音部との交流が、太郎助《たろうすけ》の存在によって木《こ》っ端微塵《ぱみじん》に砕かれたことは、フツメンも記憶に新しい。この場に留《とど》まったところで、自身がどういった扱いを受けるのかは容易に想像ができた。

場合によっては鈴木《すずき》君にまで迷惑を掛けかねない。

西野は申し訳なさそうな表情を浮かべつつ幹事に告げる。

「すまない、鈴木君。せっかく用意してもらった機会だというのに」

「…………」

鈴木君《すずき》としては、もはやグゥの音も出ない。

合コンの話題は完全に西野《にしの》に持っていかれた形だ。車内に迎え入れられたクラスメイトを、ただ大人しく見つめるばかり。イケメンの傍《かたわ》らでは女子三名が、フツメンの存在を巡って賑《にぎ》やかにしている。

「貴方《あなた》たちもさっさと乗りなさい」

太郎助《たろうすけ》と奥田《おくだ》さんに向けてローズが言った。

声を受けた直後には、躊躇《ちゆうちよ》するような素振りが見られたが、彼らは素直《すなお》に頷《うなず》いてタクシーに乗り込んだ。後者はどうして二人が現れたのだろうという純粋な疑問から。前者は金髪ロリータに対する恐怖から。

その背中に続いて、颯爽《さつそう》と一歩を踏み出したのが来栖川《くるすがわ》アリス。

「ローズさん、お迎え下さりありがとうございまぁす」

「いいえ、貴方は駄目よ。来栖川さん」

「えっ……」

「このタクシー、六人乗りなの。そっちのお友達と一緒に歩いて頂戴」

路上に残っていた松浦《まつうら》さんを視線で指し示しつつ、ローズは言った。

来栖川アリスは車上の人数を数えたところで食い下がる。

「まだ一人、シートには空きがあるじゃないですかぁ」

「あら、まさか事務所の後輩を一人で歩かせるつもり？」

「うぬっ……」

「それじゃあ、私たちはこれで失礼するわね」

相手が言《い》い淀《よど》んだところで、ローズの手によりドアが閉じられた。

タクシーはすぐに動き出して、現場から去っていく。

周囲には依然として人垣が見受けられる。まさか無理に乗り込むような真似《まね》も憚《はばか》られた来栖川アリスは、これを黙って見送る他になかった。背後を振り返ると、そこには手持ち無沙汰に彼女を眺める松浦さんの姿が。

後輩からは先輩に対してうらめしげな眼差《まなざ》しが向けられる。

「来栖川さんのおかげで、とんだとばっちりなんだけど？」

「えぇー、アリスのせいにするんですかぁ？」

「先輩から後輩への粋な計らいはどこに行ったのかなぁ」

「うぬぬぅ……」

「むしろ疫病神？」

「分かりましたよぅ、一緒に事務所へ向かうとしましょーか」

来栖川アリスは松浦さんを伴って歩み出す。

路上に生まれた人垣の大半は太郎助を求めてのもの。相手が未成年の女性であることも手伝い、彼女たちの姿を追いかけるような通行人は数をぐっと減らした。その経過を後ろ目に眺めつつ、二人は軽口を叩《たた》き合いながら現場から去っていった。

後に残されたのは、鈴木《すずき》君を筆頭とした合コンの参加者六名。

西野《にしの》と奥田《おくだ》さんこそ、予定通り無事に放流。

しかし、松浦《まつうら》さんとのトークで、鈴木君に対する女子三名からの支持は大きく降下。更には来栖川《くるすがわ》アリスや太郎助《たろうすけ》の存在を受けて期待値を上げたフツメンに、完全に喰《く》われてしまったイケメンである。直後には西野の連絡先を尋ねられる有様。

鈴木君としては、これ以上ない屈辱だった。

彼の眼差《まなざ》しは別れ際、ただジッと西野のことを見つめていた。

それは友人である竹内《たけうち》君であっても、目にしたことがないほどの怨恨。

同日、合コンは男子三名に成果を与えず、カラオケの終了を以《もっ》て解散となった。

◇　◆　◇

週末を過ぎて迎えた月曜日、二年A組の教室。

朝のホームルーム前の僅かな時間。西野の席にはローズとガブリエラ、松浦さん、それに奥田さんの姿が見られた。自席で椅子に腰を落ち着けたフツメンを囲うように、女子四

名が顔を合わせている。

「ローズさんとガブリエラさん、以前から合コンのことを知ってたんだ？」

「というより、私たちの見ている前で、当日の予定を詰めていたわね」

「我々が学生食堂でランチを食べてい ル最中に、先方から声が掛かりました」

休日、センター街で別れてそれきりであった松浦《まつうら》さんが、本人の口から事情を確認するべく、登校から間もない西野《にしの》の席へ向かった次第である。これと時を同じくして、ローズとガブリエラ、それに奥田《おくだ》さんが集まってきた。

フツメンの登校直後には、今の状態に落ち着いていた。

「鈴木《すずき》から西野君に合コンのお誘いとか、普通に考えたら絶対に怪しいでしょ」

「言葉選びがよろしくないけれど、私たちが彼を心配していたのは事実よ」

「こちらを心配してくれたことに対しては、素直《すなお》にありがたく感じている。しかし、あまり人聞きの悪いことを言わないで欲しい。そのような事実はなかった。むしろ、自分が皆に迷惑をかけた形だ」

「いずレにせよ、本人は一貫してこのように言っていますね」

ローズからすれば、松浦さんの存在を利用して、自分たちの言い訳に信憑性《しんぴょうせい》をもたせるべく会話を主導している。相変わらずクラスメイト大好きなフツメンを相手に、これ以上は関係が拗《こじ》れることがないようにと。

合コン会場での童貞弄《いじ》りは、西野にしてみれば真っ当な交流に他ならなかった。

「松浦女史、もしやとは思うが、催しにお呼ばれした我々が羨ましいのかい？」

「素直に言うけど、奥田さんのそういう猪突猛進《ちょとつもうしん》な脳みそ、マジ怖いんだけど」

奥田さんも松浦さんに負けじと、率先して会話に交じらんとする。

二年A組の教室の出入り口付近、フツメンが登校する三十分以上前から、彼の姿を求めてずっと待っていた彼女だ。西野との交流が楽しくて、ここ最近は朝練のある運動部員を除けば、誰よりも早く登校していた。

二つ隣の席では委員長が、そんな彼女たちのやり取りに聞き耳を立てている。

すぐ正面に立ったリサちゃんと雑談を交わしてはいるが、その内容はまるで頭に入らずに右から左へ抜けていく。心ここに在らずといった有様。これには相手をしていた彼女も困った表情で志水《しみず》に問いかけた。

「委員長、西野君のことが気になってる？」

「えっ？　そ、そんな訳ないから！」

「だってさっきから、チラチラと目を向けてない？」

「それはあの、松浦さんの発言が気になっただけで……」

学食で合コンがどうのという話題を耳にしてから、本日までずっと気になっていた委員長だ。奥田さんが同行していた上、ローズやガブリエラ、松浦さんまで現場に居合わせたとあらば、事の顛末《てんまつ》が気になって仕方がない。

そうした二人のやり取りを眺めて、鈴木《すずき》君はため息を一つ。

結局、彼にとって週末の出来事は、骨折り損のくたびれ儲《もう》け。

竹内《たけうち》君の席に赴いて朝の時間を過ごしていた鈴木君は、一連のやり取りを耳にしたことで、苛立《いらだ》たしげな眼差《まなざ》しをフツメンに向ける。これでまた委員長との関係が遠退《とおの》いたのではないかと。

「タケッち、ここのところ西野《にしの》のやつ、スーパー調子に乗ってね？」

「調子がいいようには見えるけど、誰にも迷惑かけてないしいいんじゃね？」

「ローズちゃんとガブリエラちゃん、絶対に何かあるってば」

「前にも聞いたけど、何かってなんだよ？」

「だってほら、西野のこと構うとか絶対に変だし……」

ローズとガブリエラの存在を引き合いに出して、イケメンを動かそうとする鈴木君。しかし、彼女たちと西野の関係を正しく理解している竹内君は、友人を宥《なだ》めるように落ち着いた面持ちで伝える。

「俺らとは生まれが違うし、感性もかなり違ってくるんじゃないの？」

「…………」

仲のいい友達にまで窘《たしな》められて、鈴木君の鬱憤は溜《た》まるばかり。

上手《うま》い反論も浮かばず、押し黙る羽目となる。

そんな体たらくであるから、西野の席は傍目《はため》完全にハーレム。

仏頂面のフツメンが女子生徒を侍《はべ》らせているようにしか見えない。一人だけ椅子に座った西野の周りに、女子が自発的に集まっている。しかも見た感じ楽しそうに言葉を交わしている。居合わせた男子からすると、非常に苛立たしい状況だった。

ところで、男子と女子が仲良さそうにする光景はフツメンに限らない。一部の生徒の間では修学旅行中の告白騒動から、新たに男女のペアが誕生していた。これが西野のハーレムプレイに影響を受けたのか、教室内でも遠慮なくイチャコラ。

「今日も朝から金子《かねこ》が佐竹《さたけ》さんとイチャついてる」「B組のヤツに聞いたんだけど、二人が渋谷《しぶや》のホテル街を歩いているの見かけたとか」「マジかよ」「見かけたヤツも、そんな場所で何してたんだよ？」「この手の話題、もう止《や》めない？　金子のこと嫌いになりそうで辛《つら》いんだけど」「心の平穏が欲しい」

これまでカースト上位の生徒による行いであった、教室内における男女の遠慮のない絡みが、カースト中層以下の生徒の間でも見られるようになりつつあった。まだ数は少ないが、少ないからこそ目立つ。

こうなると出遅れた生徒としては面白くない。

自身と同じような立場の生徒、それ以下の西野や松浦《まつうら》さん、奥田《おくだ》さんが楽しそうにしている。なのに自分はどうだろう。竹内《たけうち》君や鈴木《すずき》君、リサちゃんや委員長がそうであったとき、抱きもしなかった嫉妬が、カースト中層以下の生徒の間で広がり始める。

男子生徒のみならず、女子生徒の間でも。

「なんか、焦らない？」「焦るって何が？」「だって来年には高三じゃん」「彼氏がいるヤツはいいよね、余裕があって」「彼氏がいても焦ってるんだけど」「大学デビューすればよくない？」「私、就職だからマジ辛《つら》い。今から死にそう」「卒後も制服使ってパパ活してる先輩いるけど、紹介しようか？」

一生に一度、僅か三年間しかない高校生活。

既に折り返し地点も過ぎた二年生の冬。

普段であれば西野《にしの》の奇行を遠巻きに眺めていた生徒たち。表立って馬鹿にすることをせずとも、胸の内では下に見たり、その存在を否定していた面々。それが今日この瞬間は、どこか真剣な面持ちでフツメンの姿を見つめていた。

◇◆◇

同日、朝の時間はあっという間に過ぎて、ホームルームが始まった。

予鈴を耳にした生徒たちが席に戻り始めると、担任の大竹《おおたけ》先生がやってくる。彼が教卓に立つのと時を同じくして、本鈴が構内に鳴り響いた。日直の発する、起立、礼、着席の三拍子に応じて生徒たちが動く。

私語は慎まれて、教室内がしんと静まり返る。

これを確認したところで、大竹先生が言った。

「本日からこのクラスに転校生が入ることになった」

二年A組の面々からすれば、完全に不意打ちだった。

誰もが多少なりとも驚いた表情となる。

視線を他所《よそ》に向けていた生徒も、自《おの》ずと注目が教卓に向かう。

普段であれば転校生が訪れるとなると、誰かしら事前に情報を掴《つか》んだ生徒が噂《うわさ》を口にしたりしていた。今回はそれが一切ないまま、当日を迎えた。普段にも増して、生徒たちの注目が大竹先生に集まる。

まだ見ぬ転校生を巡ってざわざわと喧騒《けんそう》が広がり始めた。

そうした生徒の反応に構わず、先生は廊下に向かい声を掛ける。

「君、入ってきなさい」

「……失礼します」

大竹先生の指示に従い、教室前方のドアから転校生が姿を見せた。

廊下より姿を現したのは、同校の制服に身を包んだ女の子だった。

迎え入れた生徒たちにとって、まず最初に目についたのは、異国情緒に溢《あふ》れた艶《つや》やかな褐色の肌である。次いで顔立ちを確認すると、一部の生徒からは、どこかで見たような人物ではないかと声が上がり始めた。

やがて、数名が思い至る。

それは修学旅行の最終日、空港で西野《にしの》と抱き合っていた女の子であると。

「早速だけれど、自己紹介をして欲しい」

「はい」

大竹《おおたけ》先生の指示を受けて、ノラは背後の黒板に向かった。

板上に慣れない手付きで、ひらがなで自らの名前を書く。

そして、チョークを置くと共に、改めて生徒に向き直った。

「ノラ・ダグーです。よろしくお願いします」

フツメンと委員長はひと目見て先方が知り合いであることを把握。それでも事前に知らされていなかった為《ため》、他の生徒と同じように驚くことになった。西野にしてみれば、フランシスカは何をやっているのかと疑問も一入《ひとしお》。

そうした彼らの疑念に答えるよう、大竹先生が言った。

「ノラさんはご両親の仕事の都合で、グアムから日本に引っ越すことになったそうだ。日本語はそれなりに話せると聞いているが、慣れない国での暮らしで戸惑うことも多いだろ

う。どうか皆で支えてあげて欲しい」

西野《にしの》が把握している限り、ノラは母親と死別しており、父親はグアムでの騒動後からフランシスカの預かりだ。存命こそ確約を得ているものの移動の自由はない。とてもではないが、素直《すなお》に信じることはできなかった。

だが、彼の懸念など露知らず、大竹《おおたけ》先生は話を続ける。

「これは本人から聞いたんだが、志水《しみず》とは仲がいいそうだな？」

「は、はい。連絡先を交換してはいますが……」

「悪いが休み時間や放課後を使って、学校の案内を頼んでもいいか？」

「分かりました」

昨晩にもインターネット越し、英会話のレッスンを受けていた志水としては、何がどうしたと言わんばかり。少なくともレッスン中にはこれといって、連絡など受けてはいなかった委員長である。

それでも担任の先生から仕事を仰せつかったとあらば、素直に頷《うなず》いて応じた。

「あぁ、それと竹内《たけうち》と鈴木《すずき》、悪いが二人で机を運んでもらえないか？　物自体は用意をしてあるから、一緒にきて教室まで運んで欲しい。如何《いかん》せん急な話だったもので、休み中に教室まで運んでいる暇がなかったんだ」

「だから事前に用意がなかったんですね」

「ウィーッス」

竹内君と鈴木君は素直に頷いて、大竹先生の背に続いた。

そうして伝えられた通り、教室内には空いている机が見当たらない。普段であれば、事前に空席が用意されていそうなものだ。だからこそ、驚きを以《もっ》て転校生を迎えることになった二年A組の面々である。

担任が教室から廊下へ消えると共に、二年A組は賑《にぎ》わいを取り戻した。

席を立った生徒たちが、教卓の傍《かたわ》らに立ったノラの下に歩み寄る。

そして、矢継ぎ早に質問を投げかけ始めた。

「修学旅行で交流先の学校にいた子だよね？」「日本語で色々と聞いちゃっても大丈夫かな？」「教科書とか用意ある？　なければ先生に言って借りてくるけど」「ノラさんの瞳の色、めっちゃ綺麗《きれい》。凄《すご》く可愛《かわい》い！」「家はこの辺り？　もしよければ放課後に色々と案内するよ」

距離が近いのはリサちゃんを筆頭とした、カースト上位の社交的な女子生徒だ。

その周囲をカースト上位の男子生徒が囲う。

大竹先生から名指しで仕事を任された手前、委員長も席を立って、彼女たちのすぐ傍らに控える。ただし、率先したお喋《しゃべ》りは他の生徒に任せて、自らは何かあった場合に備えるよう口数は控えめでの対応。

カースト中層以下の生徒は、これを遠巻きに眺めている。

そうした只中《ただなか》、周りの女子生徒に断りを入れたノラの足が動いた。

彼女の歩みが向かった先には、自席から様子を眺めていた西野《にしの》。

彼の机の正面でノラの歩みが止まる。自《おの》ずとクラスメイトの注目は二人に対して向けられた。転校生の来訪を受けて賑《にぎ》やかにしていた教室が、彼と彼女の見つめ合う姿を目の当たりにしたことで、一変してしんと静かになった。

「………………」

「どうした？　自分に何か用だろうか」

何かを言おうとして、けれど、躊躇《ちゅうちょ》してしまうノラ。

これに先んじて西野が問うた。

するとで彼女は数秒ほどを悩んだところで、ボソリと呟《つぶや》いた。

「あの女性から聞いた。貴方《あなた》も私と同じだと」

「同じ？　どういうことだろうか」

「貴方も家族と別れて、一人で暮らしている」

「……それがどうした？」

拙い日本語でのやり取りは、二年A組の面々にも届けられた。

フツメンが親元を離れて一人暮らししていることは、過去に竹内《たけうち》君や委員長、リサちゃんといった面々が、彼の住まいを訪れたことで、教室内でも周知の事実である。それがどうしたとばかり、生徒たちの間では疑問が浮かぶ。

「だから、貴方の手伝いをしたい」

「…………」

続けられた発言を耳にして、今度は西野が黙ることになった。

何の手伝いかは、尋ねるまでもなかった。

同時にこの場でやり取りできるような内容でもない。

ノラ自身もその辺りは把握しているようで、それ以上はしばらく待っても、具体的に語られることはなかった。自身について、最低限の事情はフランシスカから伝えられているようだと、西野は予期せぬ転校生の背景を理解した。

他方、聞き耳を立てる面々からすれば、押しかけ女房以外の何者でもない提案。

「おい、今のどういう意味だ？」「西野のこと追いかけてきたとか？」「流石《さすが》にそれはないでしょ」「ご両親の仕事の都合で引っ越してきたって、今さっき大竹《おおたけ》が言ってたじゃん」「だけど、グアムの空港では西野と抱き合ったりしてたんだよな」「遠縁の親戚だったりするんじゃないの？」

これは委員長も例外ではなかった。

グアムの空港で繰り広げられたラブロマンス。自身も同じようなことをされて、コロッといってしまった手前、季節外れの転校生に危機感を募らせる。けれど、教室内とあっては表立って詰問することも難しい。

そうした彼女の面前で二人は会話を続ける。

「あの女がアンタに提案したのか？」

「違う、私から彼女にお願いした」

「そうなるように誘導された可能性を危惧している」

「私のこと、迷惑？」

「いいや、そんなことはない」

「だったら、私は貴方《あなた》の手伝いをしたい」

「………………」

もはやラブコールにしか聞こえてこないノラからの提案。

ローズとガブリエラのみならず、松浦《まつうら》さんや奥田《おくだ》さん、更には転校生までもが西野《にしの》を意識していると思われる状況に、クラスメイトは複雑な気分である。その中でも取り分け、彼を下に見ていた非モテ一同にとっては、苛立《いらだ》ちを隠し得ない光景だった。

どうして西野なんかが。

そう訴えんばかりの視線が、フツメンに対して注がれる。

ややあって、教室に竹内《たけうち》君と鈴木《すずき》君が戻ってきた。

大竹《おおたけ》先生の指示に従い、追加の机と椅子を運んできた二人だ。彼らの戻りを目の当たりにしたことで、西野とノラのやり取りは終えられた。教室の空いているスペースへ新たに席が設けられる。

「ノラちゃん、机の場所はここで大丈夫かな？」

「はい、大丈夫」

「困ったことがあったら、俺や竹内に遠慮なく言ってくれよな」

「ありがとうございます」

そうこうしているうちに、一時間目の開始を伝える予鈴が鳴る。

転校生に対する質問は、次の休み時間へ持ち越しとなった。

【番外編】〈食事会〉

奥田《おくだ》さんが西野《にしの》のカバンにＧＰＳタグを仕込み、その行き先を追跡していた時分のこと。自らの行動が彼女に筒抜けであることを知らないフツメンは、六本木《ろっぽんぎ》のバーでローズやガブリエラと合流。夜の都内をタクシーで銀座《ぎんざ》に向かい移動していた。

珍しくもフツメンから彼女たちに対して提案があったディナーの席。

これといって予約もない彼らは、車上であぁだこうだと行き先に議論を交わす。

「やはり今晩はお寿司《すし》です、お姉様。私の舌は脂の乗ったサーモンを求めています」

「寿司が好きとか言いつつも、サーモンしか食べないような子、最近多いわよね。そういうことだったら、カルパッチョでも頼んでおけばいいじゃないの。わざわざ寿司屋に行く必要があるのかしら」

「アンタ、納豆が苦手なのに、生魚は大丈夫なのか？」

「新鮮なお寿司は、腐敗とは対極に存在している料理だと思います」

タクシー運転手からすれば、怪しいにも程があるお客だ。

三名とも見た目完全に子供。外見的には最年長となる西野も、童顔気味の顔立ちは中学生と間違われること度々。おそろいの制服姿からは彼らが名実ともに、未成年であることが容易に想像された。

なんなら自動車の後部席に三人、横並びで座ってもスペースには余裕が見られる。中央に座ったフツメンを挟んで、左右にローズとガブリエラが着いている。傍目《はため》には完全にハーレムの体《てい》だ。

運転手としてはディナーどころか、運賃の支払いにさえ不安を抱かざるを得ない。

そうした彼の不安など露知らず、彼女たちは車内で賑《にぎ》やかにも言い合う。行き先を巡ってローズとガブリエラの間で意見が対立。最終的には決定権を賭けて、彼女たちの間ではじゃんけんによる勝負が実施された。

勝利したのはガブリエラである。

そして、タクシーが向かったのは、銀座の駅チカに見られた回転寿司。

都内のみならず、全国に展開している大手チェーン店である。

「どうして銀座まで足を運んでおいて、回転寿司なのかしら？」

「前からラ一度チャレンジしてみたいと考えていたのです」

「だとしても、今日でなくたっていいと思うのだけれど……」

「お店の決定権はじゃんけんによりリ公平に与えラレました。勝ち取ったのは私なのですかラ、お姉様はコレに従うべきです。ソレでも不服だというのであレば、先に自宅に戻っていても構いませんが」

「この子ってば、自分が優位のときには本当にズケズケと言うわよね」

「優位でないときも、割とズケズケと言っていルという自負がありますす」

「余計に質《たち》が悪いわよ！」

ローズは辟易《へきえき》した態度を隠そうともせずに言う。

せっかく西野《にしの》から誘いがあったディナーの席、彼女にしてみれば千載一遇の好機。せめてもう少し落ち着いた雰囲気のお店を選んでもバチは当たらないのではないかと、不満タラタラの面持ちである。

一方でガブちゃんは、キラキラと目を輝かせながら回るお寿司《すし》に注目。

「映像では見たことがありましたが、本当にお寿司が皿に載せラレて回っていルのですね。これはなかなか、趣のあル光景ではありませんか。ちょっと乾燥してカピカピになっていルネタは、いつまで放置さレルのでしょう」

「たしかに他所《よそ》の国で回転寿司を食べるのは、なかなか機会がないだろう」

「本当に子供って、こういう場所が好きよねぇ」

「年相応の反応を見せていルのですから、微笑《ほほえ》ましい眼差《まなざ》しを向けて下さい」

「アンタの場合、相応と称するには些《いささ》か、大人びているようにも思えるのだが」

ちなみに三人が掛けているのは四人がけの席である。

各々の配置はレーンに接した側にガブリエラと西野が向かい合わせで並び、後者の隣にローズが腰を落ち着けている。我先にとレーン前を陣取ったガブちゃんに対して、フツメンの隣に座るべく、彼にレーン脇を譲ったローズである。

「そこの蛇口みたいなの、手を洗う水が出てくるから利用するといいわよ」

「残念ですが、そのような嘘《うそ》には乗リません。熱湯が出てくルことは事前に学習済みなのです。とは言え、実際にこうして相対してみルと、スイッチ部分を手で押してみたい衝動に駆ラレますね」

次から次へと流れてくる寿司の載せられたお皿。

これを眺めて早速、ガブリエラの手が伸びた。

「このホヤ貝というものは、なかなかアバンギャルドな装いをしていますね。チャレンジ精神を唆《そそ》ラレル見た目ではありませんか。せっかくなので本日の一皿目は、こちラの貝類に決定しましたよ」

「ちょっと待て。アンタ、そのネタは……」

手にしたのはホヤ貝の握りだった。

上から醤油《しょうゆ》をドバーッとかけると、豪快に一口で頬張《ほおば》る。

気持ちよく口を動かしてカミカミと。

直後にも彼女の口内には、溢《あふ》れんばかりの磯臭《いそくさ》さが充満した。

「っ……んばぅ！」

次の瞬間にもお皿にリバース。

可愛《かわい》らしい口から、半壊したお寿司《すし》が唾液にまみれて出てきた。

未《いま》だ手付かずのもう一貫の隣にデロデロと並ぶ。

「ちょっと貴方《あなた》、汚いことをしないで欲しいのだけれど」

「な、なんですかコレは。漁港に浮かんだゴミの表面に張り付いたフジツボを、海岸に打ち捨てラレた得体の知レない魚類と一緒に、ミキサーに入レてジュースにしたかのような風味が、口の中へ際限なく広がっていきます」

「そのどちらかでも口にした経験があるのかしら？」

「鮮度次第では臭みも違ってくるとは聞くが、実際のところどうなのだろうな」

「知っていて止めなかったのですか⁉　なんと酷《ひど》いことでしょう」

「止める間もなく口へ放り込んだのはアンタだろう」

「サーモンです、脂の乗ったサーモンで口直しをしなければ……」

うへぇと顔を歪《ゆが》ませながら、ガブリエラはレーンを流れてきたサーモンの皿に手を伸ばす。それは今まさに彼女たちの席に向けて近づいてきたところ。しかし、隣席との間に至った辺りで、ひゅっと反対側に引っ込んでしまう。

「あぁっ！　私のサーモンが、隣の席のお客に奪われてしまいました」

「貴方ねぇ、そういうことを大きな声で言わないで欲しいのだけど」

「上流にもう一皿、同じネタが見られる。茶でも啜《すす》って待っているといい」

「ハズレ皿を仕込んでくルとは、回転寿司というのもなかなか侮レません」

「そういう風味の強いネタが好きな人もいるのよ」

「とはいえ、自国の人間であっても万人には受け入れがたい商品が、しれっと流れてくるのも事実ではある。この手の自身に選択権が与えられる店で、不用意に手を出してはいけない食品の存在を学ぶ子供も多いことだろう」

「なルほど、コレが食育というものなのですね」

「そんな教育的背景、お店側は決して提供したつもりなんてないでしょうに」

西野《にしの》に言われるがまま、ガブリエラはお茶を淹《い》れて啜り始めた。

その姿を尻目にフツメンとローズも、レーンからお寿司を手に取り始める。ディナータイムということも手伝い、回っているネタは種類、品数共に豊富である。いちいち注文を入れずとも、食事を堪能することができそうだ。

「西野君、アジとイシダイを取ってもらえないかしら？」

「ああ、分かった」

「お姉様、自分が食ベル分くラい、自身の手で取ったラどうなのですか？」

「ここからだとレーンまで手が届かないのだから、仕方がないじゃないの」

「くっ、そういう作戦もありましたか。コレは盲点でした」

「別に狙ってやっている訳ではないのだけれど」

そうして伝えた直後、ローズはふと気づいた。レーンに腕を伸ばす素振りをしつつ、自らの胸元を西野《にしの》の顔の辺りに押し付けたりしたら、とてもイイ気分になれたのではないかと。こうなると俄然《がぜん》、試さずにはいられない。

「念のためにチャレンジしてみようかしら？」

「止《や》めてくれ。なんなら場所を替わろう」

「あらま、残念」

もっと早くに気づくべきだったわね、とは彼女の素直《すなお》な思いである。

軽い調子で受け答えしているが、歯がゆくて仕方がない。ただ、それを強行した結果、意中の彼がガブリエラの隣に逃げてしまっては大変なこと。逆セクを諦めた彼女の意識は、改めてお寿司《すし》の流れるレーンに向かった。

「ところで貴方《あなた》、サーモンが来ているわよ。取らないと行ってしまうじゃないの」

「ありがとうございます、お姉様。お茶と生姜《しょうが》のコンビネーションが思いのほか心地よいもので、サーモンを用いたリカバーを失念しておりました。この艶《つや》やかな赤みには、他のネタにはない安心感を覚えます」

「まったく、これじゃあ子供のお守りでもしているようだわ」

サーモンのお皿を手にして、ニコニコと嬉《うれ》しそうに笑みを浮かべるガブちゃん。その姿をテーブル越しに眺めて、やれやれだと言わんばかりの態度で呟《つぶや》くのがローズ。彼女もまたガブリエラに倣い、西野から取ってもらった寿司を口に運ぶ。

そうした学友の姿を眺めて、フツメンから提案の声が上がった。

「そこまで言うのなら、二軒目はアンタが好きに決めたらいい」

「あら、この後も付き合ってくれるのかしら？」

「回転寿司であれば、そこまで長居することもあるまい？」

問われた彼女としては、驚きの提案である。

キョトンとして問い返す羽目となった。

「どういう風の吹き回しかしら？」

「ここのところ、アンタには世話になっている。少しくらいはサービスするべきかと考えたのだが、要らぬ気遣いであったなら悪かった。今日のところはここも含めて、奢《おご》らせてもらえたらと思うのだが」

顔面偏差値に見合わない上から目線の物言いは、二年A組のクラスメイトが耳にしたのなら苛立《いらだ》つこと必至の煽《あお》り文句。しかし、ローズにはこれが存外のこと心地よく響いた。店内の喧騒《けんそう》に萎えていた心がシャッキリと奮い立つ。

「そ、そう？　だったらお言葉に甘えて、選ばせて頂こうかしら」

即座に自前の端末を取り出し、お店を探し始めるローズ。

ディスプレイを睨《にら》みつけるようにして、近隣に軒を連ねたお店をチェックしていく。もはや目の前のお寿司《すし》からは、完全に興味が失われて思われた。その姿を傍《かたわ》らに眺めつつ、西野《にしの》とガブリエラは追加で皿をレーンから上げていく。

そんなこんなで雑談を交わしながら夕食を楽しむことしばらく。

テーブルの上には空になったお皿が段々と積み上がっていく。レーンから寿司を取り上げる間隔もゆっくりとしたものになり、箸を動かしている時間よりも、お喋《しゃべ》りに興じる時間の方が長くなっていく。

「こうして寿司を食べていると、日本酒が恋しく思えてくる」

「飲みたいのであれば、注文したら出てくるんじゃないかしら？」

「この格好《かっこう》で飲めルとは到底思えませんが」

「車の免許証なら財布に入っているけれど、試してみる？」

「こちらが悪かった。それは控えておいた方がいい」

「お姉様、一体何歳で登録していルのですか？」

「それは秘密よ」

西野に優しくされた為《ため》か、店を訪れた当初と比較して、かなり態度が軟化して思われるローズだった。何気ないフツメンの呟《つぶや》きにも、浮ついた反応を返すことしばしば。フランシスカが居合わせたのなら、軽口の一つでも飛んだことだろう。

そうした只中《ただなか》のこと、ふと何かを思い出したようにガブリエラが言った。

「ところでお姉様、日本酒と言えば一つ、気になっていることがあります」

「なにかしら？」

「自宅のキッチンのシンク下に、白く濁った液体の入った容器が見られました。アレは一体何なのでしょうか？　蓋を開けて匂いを嗅いでみたところ、薄《う》っすらとアルコールを思わせる香りが漂っていました」

問われた直後、ローズの肩が僅かばかり震えた。

けれど、それはほんの些末《さまつ》な変化。

彼女は平然を装ってガブリエラに伝える。

「年末年始に向けて甘酒を作ろうと思うの。その試作品のようなものよ」

「なるほど」

「まさか勝手に飲んだりしていないわよね？」

「……まあいいです」

他のやつも含めて、近々に結果が出てくると思いますので、とはガブリエラの口からボソリと漏れた呟きである。けれど、それは店内の喧騒《けんそう》に紛れてテーブルを挟んだ先、ローズや西野の耳にまで届くことはなかった。

お姉様は眉をひそめて問い返す。

「どうしたのかしら？」

「いいえ、なんでもありません」

それ以上は追及の声が上がることもない。

ガブちゃんの意識はローズから離れて、手元のデザートに移った。

一瞬、怪しげな雰囲気を見せた二人ではあるが、すぐに元あった団欒《だんらん》を取り戻す。居合わせた西野《にしの》としては、おやっと思わないでもない。けれど、本人たちが納得しているようであればと、口を挟むことは控えておいた。

ローズがキッチンに仕込んでいる、シェアハウスでの食卓の秘密。

その悪事が白昼の下に晒《さら》されるのは、あともう少しだけ先の出来事である。

〈あとがき〉

お久しぶりでございます、ぶんころりです。本巻では遂《つい》に西野という人格に対して、真正面から好意を寄せてくれる女の子が登場いたしました。以前からやりたいなと考えておりましたところ、こうして本にすることができて大変嬉《うれ》しく感じております。

ところで本巻を読まれた方は、おや？　っと感じたのではないかと存じます。

前巻のあとがきでは十三巻で完結としてご案内をさせて頂きました。しかし、それにしては随分と妙な終わり方をしております。原因は当初の予定より大幅に増えてしまった最終巻のテキストにございます。

あれもこれもと欲張った私が、この期に及んで新規キャラを登場させたりするものですから、二十万文字を超えた時点で、十三巻と十四巻に分けて出版させて頂ける運びとなりました。ご判断を下さった担当編集のO様、S様、誠にありがとうございます。

こうした経緯もございまして、本作は次の十四巻が正真正銘、最終巻となる予定でございます。いざ最終巻と考えて本巻に臨んで下さった皆様には申し訳ありません。あと十万文字ほどお付き合いを願えましたら幸いです。

本作がこうして贅沢《ぜいたく》にも巻数を重ることができるのは、それもこれも読者の皆様のおかげでございます。お前は他の作品でも、あとがきのたびに同じようなことを言っていないか？　という突っ込みは尤《もっと》もなものだと思います。

しかしながら、それは歴《れっき》とした事実でございまして、本作を応援して下さる皆様のおかげで、このように十分な紙面を得ることができました。そうした経緯をとても嬉《うれ》しく感じておりまして、本当にありがとうございます。

本作に限らず、今後とも楽しいものをご提案できるように精進して参ります。

こちらの流れで謝辞とさせて頂きましては、本巻でも大変魅力的なイラストをご提案して下さった『またのんき▼』先生に、深くお礼を申し上げたく存じます。カバーではこれまでと一変して、恥じらいを見せるローズが最高であります。包丁を手に絶妙な面持ちのガブリエラも堪《たま》りません。口絵や挿絵も含め、先生のイラストを通じて各キャラの生き生きとした姿を拝見させて頂きますと、自身も感奮興起せずにはいられません。

担当編集O様、S様並びにMF文庫J編集部の皆様におかれましては、『佐々木《ささき》とピーちゃん』でも多分にご迷惑をおかけしておりますところ、本作につきましても細かにサポートやご提案を下さり誠にありがとうございます。

また、校正や営業、デザイナー、翻訳の皆様、本作をお店に並べて下さる全国の書店様、電子書籍のウェブ販売店様、応援を下さいます関係各所の皆様には、完結を目前に控えながらも変わらぬご支援を下さりますこと、心よりお礼申し上げます。

カクヨム発、MF文庫Jの『西野《にしの》』を何卒《なにとぞ》よろしくお願い致します。

（ぶんころり）

MF文庫J

西野
～学内カースト最下位にして異能世界最強の少年～　13

2022年11月25日　初版発行

著者　ぶんころり

発行者　山下直久

発行　株式会社KADOKAWA
〒102-8177 東京都千代田区富士見2-13-3
0570-002-301（ナビダイヤル）

印刷　株式会社広済堂ネクスト

製本　株式会社広済堂ネクスト

Printed in Japan　ISBN 978-4-04-681661-0 C0193

【 ファンレター、作品のご感想をお待ちしています 】
〒102-0071 東京都千代田区富士見2-13-12
株式会社KADOKAWA　MF文庫J編集部気付「ぶんころり先生」係「またのんき▼先生」係

Pi